だって私
まだ子供だもーん
夕暮れの帰り道。エリと手を繋いで歩く。
二人の思い出が重なっていく。

お仕事お疲れ様。
叔父さん。
優しさだけは、変わらない――。
私の大好きな叔父さん。

CONTENTS

プロローグ 005
第一章 姪と叔父 011
第二章 映像編集者 039
第三章 姪が通う日々 051
第四章 姪の日常 ～友達～ 067
第五章 サ行企画 080
第六章 花澤可憐 104
第七章 正しい在り方 120
第八章 距離感 160
第九章 本心 179
第十章 迷い 194
第十一章 その一歩を踏み出す勇気 219
第十二章 羽化した少女の歩む道 267
エピローグ 277
エピローグ2 姪の日常 ～雨脚は徐々に、～ 287

GA文庫

俺の姪は将来、
どんな相手と結婚するんだろう？

落合祐輔

GA文庫

登場人物紹介

【結 二】

28歳、フリーの在宅ワーカー。
絵里花の叔父で、とても懐かれている。
滅多なことでは熱くならないドライな
性格だが、絵里花には優しく甘い。

【絵 里 花】

15歳の高校一年生。
幼い頃から叔父である結二に懐いている。
家事全般が得意。
特に料理の腕が自慢で、
結二の胃袋を掴みたがっている。

What kind of
partner will
my niece marry
in the future?

CHARACTERS
【なつき】
結二の学生時代からの友人。
明るく美人だが思ったことは
ズバズバ口に出す豪胆な女性。
【陽子】
絵里花の中学時代からの親友。
溌剌とした性格だが
少女マンガ好きで、超乙女な一面も。
【弘孝】
結二の学生時代からの友人。
お調子者だが、年甲斐もなく熱い男。
デリカシーはない。
【奈緒】
結二の実姉で絵里花の母。
女手ひとつで一人娘を育ててきた。
娘のことが命より大事。

プロローグ

人間二十八年も生きていれば、普通誰《だれ》だって、結婚について考えたことぐらいはあるはず。

なんとなく誰かの幸せそうな結婚報告を聞いたとき。

子供連れの家族が楽しそうにしているのを見たとき。

友人から結婚式の招待状が届いて渋々出席したとき。

そういったキッカケで、自分が結婚して家庭を築いていく姿を空想した経験だって、あるかもしれない。

ただ、空想するだけじゃどうにもならないから結婚は難しい。いやそもそも、出会いの場に身を置き彼女を作ることが先決。まずは行動するべし。

そして世間には、行動を起こしたい独身たちに打ってつけのエサがある。

——婚活アプリである。

突然だが、俺《おれ》こと芝井結二《しばいゆうじ》、今年の誕生日で二十八歳になる。

職業は動画編集やデジタル合成など、映像制作にまつわる仕事。在宅勤務のフリーランス。

おかげさまで年収は一千万を超え、界隈《かいわい》ではしっかり稼いでいるほうだ。

What kind of partner will my niece marry in the future?

専門学校を二十歳で卒業し、仕事一筋で七年。

そして、婚活を始めて早一年の、立派な社会人だ。

「……きた」

メッセージ受信を知らせる表示が出て、俺はすぐにアプリを立ち上げる。マッチングして一度目のデートをすませ、次の予定を擦り合わせていた相手からの連絡だ。

柄にもなく、すがるような思いで受信されたメッセージを開封すると――、

『yuuさんのお気持ちは嬉《うれ》しかったです。……でも、ごめんなさい』


「……止《や》めてやる、婚活なんか」

またフラれてしまった。これでもう十人目だ。

この一年で、十人もの女性にフラれていた。

急にバカバカしくなって、思わずスマホを放り投げた。

ソファーの上でバウンドし、ゴトンと床に落下する。

「やっぱ、ブランクはなかなか埋められないわ……」

そりゃあ、最後に彼女がいたのは専門学校時代だからな。それも、初めての彼女。

一応恋人らしいことは一通り済ませているけど、その程度の恋愛経験くそザコが何年ぶりか

の恋愛をしようなんて――ましてや『大人になってからの恋愛』をしようだなんて、無謀にもほどがあるんだろうな。

盛大なため息を漏《も》らしながら、ワーキングチェアに全身を預けた。リクライニング機能を解放しているイスが、ぐにゃんと倒れる。

自宅の白い天井《てんじょう》を見ていると、デートした女性の笑顔がうっすらと浮かんだ。

二週間弱のメッセージのやりとり。たった一度のデート。

期間としてはその程度だが、思いのほか俺は、真剣にその人との『これから』を思い描いていたんだろう。そう思うと、いい歳《とし》した大人なのにやるせなさで胸が痛んだ。

俺はもう一度、静かにため息を零《こぼ》した。

「ため息ばっかり。どうしたの？」

「うお。ビックリした」

目の前に突然、かわいらしい少女の顔が現れた。

垂れ下がった髪が俺の頰《ほお》にうっすらと当たって、絶妙にくすぐったい。

「そんなにはぁはぁ言ってると、幸せ逃げちゃうよ？」

「いままさに逃げていったところだから、なんの問題もないよ」

少女は「そう？」と言いながら離れた。

彼女の名前は、芝井絵里花《えりか》。

エリと呼んでかわいがっている、十五歳の姪っ子だ。

薄い桃色の唇にスッと通った鼻筋。きれいに整った形の眉《まゆ》。それらのパーツが美人に見せているが、目はまだあどけなさを残すようにパッチリと大きい、現役《げんえき》の高校一年生だ。

エリは俺んちのキッチンで夕飯を作っているところだった。セーラー服の上にエプロンを着用し、手にはお玉まで携えている。

「スマホ投げるぐらいの事態が、なんの問題もないとは思えないんだけど？」

「個人的なことだから。そっとしておいて」

そうドライに答えると、エリは首をかしげた。

「家族にも話せないようなことなの？」

「家族だから話しにくいことなんだ。だいたい、家族間にもプライバシーはあるだろ」

「こうして半同棲《はんどうせい》してるのに、プライバシーもなにもないと思うけどね」

「半同棲してようが結婚してようがプライバシーはあるし、そもそもこれは半同棲じゃない。俺が、エリを、一時的に預かってるだけ」

まったく。エリはまた、妙なことを口にして……。

「でも平日は毎日、放課後ここに来て、掃除とかお洗濯とか、ごはん作ってあげてるじゃん。それってもう『一時的な預かり』の範疇《はんちゅう》、超えちゃってない？」

「エリがしたいって言うからだろ？　別に俺から強制したつもりはない。あくまでも『預かっ

てるだけ』で、超えてきてるのはエリのほう」

「でも、私の作るごはん、おいしいでしょ？」

……しまった。否定できなくて言葉に詰まってしまった。

確かに、エリの作ってくれる飯は、めちゃくちゃおいしい。

「かわいいかわいい姪っ子が、おいしいおいしいごはんを毎日作ってくれるんだから、もう少し感謝して甘えてくれてもいいと思うんだけどなぁ」

エリはふふんと笑って見せた。

幼かった頃《ころ》に比べると、ずいぶん生意気に育ったな、と思わずにいられない。

なまじ、叔父の目線で見ても本当にかわいくなったと思うから、手に負えないんだ。

そんなＪＫの姪が、どうしてアラサーの叔父の家に毎日通っているのか。

それはほんの一週間ほど前。

エリが入学式を終えたばかりの、四月頭に遡《さかのぼ》る——

第一章　姪と叔父

What kind of partner will my niece marry in the future?

「おじさん、こんにちは！　遊びに来ちゃった」

肌寒い春の空気と共に、弾《はじ》けるような声が吹き込んでくる。

玄関を開けた先に立っている、女子高生の発した声だ。

着ている白のセーラー服には皺《しわ》なんてひとつもない。下ろし立てなのは明らか。

一方で、両手に持っているエコバッグとの組み合わせは、なんともアンバランス。

そんな、突如現れた女子高生を上から下までまじまじと観察した俺《おれ》は——

「チェンジで」

ドアを閉めた。

『え？　ちぇん……どういうこと？　ねえおじさん？　……叔父さん、いってば！』

少女は戸惑いと焦《あせ》りをにじませながら、ドア越しに訴えてくる。

さすがに騒がれると近所に不審がられるな。からかうのはこの辺までか。

「冗談だって、エリ。ほら。中、入れよ」

「もう……ビックリしたよ。部屋間違えたのかと思った」

再びドアを開けると、少女――姪のエリは、口を尖《とが》らせながら中に入る。

「悪かったって。ここまで迷わなかったか?」

「大丈夫だよ、地図アプリあるし。私、地図読むのは結構得意なほうだから」

エリは玄関先で屈《かが》むと、下ろし立てで堅いのか、指先を使ってローファーを脱ぎ始めた。細い足首と緩やかな曲線のふくらはぎが、自然と目に入ってしまった。

……正直なところ、目の前の少女をエリと認識するまで、少しだけ時間がかかった。

最後に会ったのは、エリがまだ小学六年生のとき。あのときはまだちんちくりんな少女でしかなかった。

たった数年で、だいぶ垢抜《あかぬ》けるもんだな。特に女の子は成長が早いと聞くし、変化がわかりやすいのかもしれない。

「……あれ?　でも、迷わなかったわりには少し遅れてないか?　入学式だけだから二時前には来るって言ってたろ」

「近くのスーパー探して買い物してたからね」

エリはふにゃっと笑ってエコバッグを見せつける。

さっきまでとは打って変わって、昔からよく見させられてきたエリらしい笑い方だ。

ちょっと安心した。見た目こそ年相応に成長しているけれど、まだまだ中身は、昔のままの子供らしさを残しているようだ。

「でもよかったよ。学校からまっすぐスーパー寄って、その足で帰れるところに叔父さんの家があって、さらに道なりに進めば駅がある。全部ほぼ一直線上。あっちこっち移動する必要なし。いい場所見つけたね」

「そこまでの利便性は考えて選んでないよ。ましてや高校の場所なんてただの偶然だ」

今日が入学式だったエリの高校は、奇しくも俺の住んでるマンションから、徒歩で五分ほどの所にあった。

エリ自身が住んでいる家は、ここからさらに遠い。学校の最寄り駅から電車で二十分は揺られないといけない所にある。

その帰り道なので、こうして立ち寄るのにはちょうどいい場所というわけだ。

脱ぎ終わったローファーの向きを正したエリを、リビングへ案内する。

エリは「ほえ〜」と口にしながら見回した。

「きれ〜い。ひろ〜い」

「そうか？　1LDKの物件としては平均的なサイズだぞ」

「そもそも平均知らないもん。うちと比べたらってこと」

「エリんちだってそこまで狭くはないだろ。2DKぐらいか？　確かに、築年数で言えば相当古いかもしれないけど」

「うん。だから、床がフローリングってだけでもテンション上がっちゃう」

「あっちは畳だもんなぁ。嫌いじゃないけど、和室」

エリの家は、お世辞にも裕福とは言えない生活をしていた。

俺の実の姉に当たるエリの母親が、女手ひとつでエリを育ててきたのだ。

そんな事情もあって、ちょっとボロいアパートでずっと二人暮らしをしてきたエリには、この部屋の様子がいい環境に見えてしまうんだろう。

エリは物珍しそうに部屋の中を見回しつつ、「座っていい？」と断ってからリビングのソファに腰掛けた。

座った感触だけで「おお～」と陽気な声を上げているのを見ると、なんだかんだで、まだまだ子供だなと思ってしまった。

「そうだ。飲み物、コーヒーか麦茶しかないんだけど……」

「あ、待って。私やるよ！」

「いいから。今日はお客さんなんだから座ってろって。麦茶でいいよな？」

「うん……ありがと、叔父さん」

そう笑顔を作ったあと、エリはリビングの一角に目を向けた。

「おっきなパソコンだね。叔父さんの仕事道具……だよね？」

リビングの隅には、デスクトップのパソコンやプリンターなどを置いたスペースがある。

デュアルディスプレイなので、デスクそのものも横に大きく、結構な場所をとっている。

「ここが叔父さんの仕事スペース？　リビングに置いちゃってるんだ」

「ああ。寝室だとすぐ横になれちゃうからな」

「あはは。叔父さんの弱点はお布団《ふとん》か～」

「失敬な。全人類共通の弱点だろ」

「それな～。……お仕事って確か、映像の編集とかだったよね？」

エリは思い出すように首をかしげた。そういえば、前にも話していたことがあったな。

「ああ。プロモーションビデオの編集したり、たまにデジタル合成とかも依頼される」

「でじたるごうせい？」

「映像をＣＧでデコること。特撮の変身シーンとかさ」

「ああ、なるほど。理解理解」

「そういうカロリー高い仕事をお願いされる合間に、最近はユーチューバーの動画編集の代行も受け持ったりしてるんだ」

「ユーチューバー？　え、本当に？　誰《だれ》とか？」

「例えば……ＳＵＧＡＳＨＵＮとか」

「え、ＳＵＧＡＳＨＵＮ⁉　超トップユーチューバーだ。すっご～い！　私もチャンネル登録してるよ！」

いきなりテンション変わったな、エリのやつ……。

目をキラッキラさせて、いまにも頭から転げ落ちそうなぐらい、ソファの背もたれに前のめりだ。

やっぱ若い子に人気あるんだな、SUGASHUNって。

「ていうか、俺の名前、スタッフとしてクレジットされてたと思うんだけど」

「あ……ごめん、気づいてなかったかも」

「だと思ったよ」

そりゃ、若い子はクレジット表記なんて興味ないよな。俺だって見てこなかったし。

準備し終えた飲み物を持ってエリの元へ向かう。

エリには麦茶の入ったグラスを渡し、俺はコーヒーの入ったマグカップを持って、乾杯する。

「とりあえず、高校入学おめでとう」

「うん！　ありがとう。まだ全然、実感湧《わ》かないけどね」

「そりゃあ、初日だからな。……馴染《なじ》めそうか？」

「大丈夫そう。私のこと知ってるの、陽子《ようこ》ぐらいだし。……あ、陽子は中学の頃《ころ》からの親友の子。そうそう、本当にたまたま、クラスが陽子と一緒になったの」

楽しそうに語るエリを見ていると、「大丈夫そう」というのは本心なんだろうな。

きっとその陽子という子も、すべてをわかった上でエリの親友でいてくれているんだと思う。

心強いことだ。

「そうか。それなら安心だな。それで……これからのことだけど」

コーヒーを一口含んでから、俺はエリを見た。

これは、今後の俺たちの関係に関わる、大事な話だった。

「平日はこの部屋に通うって話……マジで？」

「マジ」

エリはにっこりと頷《うなず》いた。

「通って……そんで、どうすんの？」

「叔父さんの遊び相手になってあげる、とか？」

「いや、エリがうちに来る時間帯、普通に仕事してるから」

世間じゃ、クリエイティブな仕事をしてる人には夜型が多い、って認識は多いかもしれない。けど俺はまったくの逆で、完全に昼間が活動時間だった。個人的にはそのほうが集中できるからでもあるが、健康を気にしてそうしている部分もある。

授業を終えたエリが細かい用事をすませて、ここに来るのが十六時半頃と仮定すると、当然だが仕事している時間帯だ。

「それじゃあ、家のことやるよ。お掃除とか、洗濯とか……あと、晩ごはんも作ってあげる」

「家政婦じゃないんだから。ていうか、宿題をやるとかって選択肢はないのか」

「ああ……でもそれは、家でやればいいかなって。どんなに遅くても夜九時にはここを出るでしょ？　で、うちに着くのは十時手前。勉強はそのあとでも充分だよ」

なら、わざわざ俺の家に通う意味とは……と言いかけたが、飲み込んだ。

エリにも——というかエリの家庭にも、彼女を俺の家に通わせないといけない理由があるのを、知っていたからだ。

「でも、そっちの家事だってあるんだし、負担だろ」

「洗濯はお母さんの当番ってことになってるでしょ？　晩ごはんはしばらく家で食べられないって言ってたから、作る必要もないし。ここで作って余ったやつ持って帰れば、お弁当にも使える……家でやることって、実はなにもないんだよね。あ、勉強以外は」

「なのに姉貴が帰ってくる深夜まで、ひとり留守番させるのも防犯上心配だから、俺んちに通わせる、か。まあ、姉貴の心配もわからんではないが……」

姉貴はエリの高校進学を機に、エリの大学進学後のことも考えて蓄えるため、金払いのいい夜の仕事をするようになった。

それでも、日付が変わる前には帰ってこられるらしい。だがオートロックのオの字もないボロアパートに、女子高生をひとり遅くまで留守番させるのが心配なのは、同じ親族として理解はできる。

じゃあどうするかを考えたとき、本当にたまたま、俺の住むマンションがエリの通学路上にあることがわかった。

ならエリを預かって？　と命れ――お願いされて、いまに至るという流れだ。

「お仕事の邪魔はしないから、いいでしょ？　かわいい通い妻ができたと思って」

「ごふっ」

思わずコーヒーを吹き零《こぼ》しそうになる。

「通い妻って……どこで覚えるんだよ、そんな言葉」

「いや、普通に生きてたら覚えるよ、珍しくもないんだし」

「だとしても、姪が叔父に向かって使う言葉か？」

「やってあげたい中身は同じだし、気にしなくてもいいんじゃない？」

やけにカラッとしてるなぁ。

女子高生がみんなこうなのか、エリがこうなのか。

するとエリは、少しだけ俺のほうに近寄って、こちらの顔を見た。

「ねえ、叔父さん……ダメ？」

そんな上目遣《うわめづか》いのおねだりこそ、どこで覚えてくるんだか。

とはいえ、かわいい姪っ子が心配なのは同じ。預かってあげてもいいんだが……。

躊躇《ためら》う理由は単純――エリが女子高生だからだ。

いくら親戚《しんせき》とはいえ、このご時世、アラサー男の部屋に女子高生が出入りしていると知られると、なかなかに説明が面倒そうという思いも少しだけあった。

もっとも、単に俺が気にしすぎなだけかもしれないけど。赤の他人の女子高生は論外だが、エリは姪っ子なんだし。

それに、あれこれ考えたところで結局帰結するのは、俺もエリのことが心配だって感情だ。

「わかった。エリの好きにしたらいい」

「やった！　じゃあ、ごはんとかもここで作ってっていい？」

「ああ。ただ、うちの食卓に使う飯代は、必ず俺に請求すること。今日のあの買い物だって、自分の財布からだろ？」

「うん」

「そういうの、全部俺が出すから。あと、エリは俺の家政婦じゃない。掃除とか洗濯とか、無理にやらなくてもいい」

というか、俺だって普通にそのぐらいやるしな。

……まあ、食事はかなり適当だけど。

「だから、変に気を使ったりしないこと。いいな？」

「はーい。それじゃ、さっそくいろいろ始めちゃおっかな」

エリは立ち上がると、飲み終わったグラスを持ってキッチンへと向かう。

喜んでいるのが丸わかりの、軽《かろ》やかな足並み。それを見せられると、姪っ子のワガママぐらい付き合ってやるか、という諦念《ていねん》がにじんでしまう。

「あ、そうだ。叔父さん」

エリはエプロンの紐《ひも》を腰に巻きながら、俺のほうへくるりと振り向いた。

「ありがとねっ」

眩《まぶ》しくも柔和なその笑顔に絆《ほだ》されてしまう程度には、俺もただの、姪っ子に甘いだけの叔父さんなのかもしれなかった。


エリは、十五歳にしては驚くほど家事スキルが高かった。

「この包丁、なんか切れ味悪いなぁ。叔父さん、研《と》ぎ器ってどこ？　……え、そんなものはない⁉　信じらんない……切れ味悪い包丁って逆に危ないんだからね？」

「ねえ、洗濯機の中、洗濯物残ってたよ？　……今朝《けさ》回したけど干すのを忘れてた⁉　なにしてるの、も〜ぅ。臭いやすくなるし洗濯槽《そう》もカビちゃうから、洗ったらすぐ干す！」

「叔父さん、お風呂場《ふろば》ちゃんとお掃除してる？　壁とか水垢がたくさん……ああもう、こっちはピンクぬめり！　ねえ、掃除用のスポンジどこ？」

……いや、むしろ俺が低すぎるだけかもしれない。

一応、昨日のうちに――女子高生に見せてはいけないものも含め片付けはすませて、キレイにしたつもりなんだけどな。

「たぶん、叔父さん的には片付いてるイコール『キレイ』ってことなんだろうけど、それってただの『整頓』だからね」

「……なんで俺の考えがわかったんだ？　エスパーですか？」

「だいたいの人はそう勘違いしてるから」

風呂場をスポンジでこすり洗いしながら、エリは呆《あき》れたように言った。

すんません。

けど豪語するだけあって、エリは手際がよく、瞬《また》く間に風呂場はキレイになっていった。

全然気にしていなかった排水溝周りのピンクぬめりや、ドアのゴムパッキンの四隅に発生していた黒カビは跡形もなく消え、壁も浴室のライトが反射するほどつるつるだ。

逆に、いままでが相当汚れていたんだなと思い知らされてしまった。

「すごいな、エリ。ありがとう。見違えるほどキレイになったよ」

「どういたしまして。でもこういうのって、叔父さんが毎日ちょっと気をつけるだけで、予防できる汚れだったんだよ？　忙しいのはわかるけど……もう少し気を使おう？」

エリは、使い終わった掃除道具をその場で洗い始める。

「だいたいあんな汚い浴室、もし彼女さんが見たら悲鳴上げちゃうよ。むしろ、いままでよく平気だったね」

エリがさも当たり前のように言うものだから、少し驚いてしまった。

「いや、別に俺、しばらく彼女なんていないぞ？」

「あれ？　そうだったの？」

「ああ。むしろ、なんでいると思ってたんだ？」

「なんでって、そりゃあ……」

エリは、俺の顔をまじまじと見つめてから、

「なんでそう思ったのかな？」

「知らんがな」

「でも、そっか……ふ〜ん。いないんだ。逆によかったかも」

掃除用具を片付け終えたエリは、洗面所に戻って素足を拭《ふ》き始めた。

「逆によかった？」

「だっていくら親戚でも、彼女さんも出入りする部屋に私が通ってたら、迷惑かけちゃうかもでしょ？　でも、そんな気は使わなくていいんだって思って」

「さっきも言ったろ、変に気を使うなって。仮に彼女がいたとしても、俺が理由を話して納得してもらってたさ」

するとエリは、まるで珍獣でも見るかのように目を丸くした。

なんだよ……と俺が言いかける直前で、大きくため息をつく。

「叔父さん、女心がわかってない。ぜーんぜんわかってないよ」

「なりたての女子高生がなに生意気なことを」

エリは足を拭き終えると、使ったタオルを干せる場所にかけた。

なんでも、軽く乾かしてから洗濯したほうが臭いが発生しにくいらしい。

「でも叔父さんより、女の子としては十五年先輩ですから。当然だけど」

スリッパに履き替え、洗面所を出る直前で振り返る。

「女の人はね、彼氏の親戚だとしても、かわいいかわいい女子高生と彼が同居なんかしてたら、絶対モヤモヤしちゃうものなんだよ。理屈じゃないんだって」

かっこいいようなそうでもないようなことをサラリと言って、エリはスタスタとリビングへ戻っていった。

「……いまあいつ、自分で自分のこと、かわいいっつったのか？」

俺の姪は、ずいぶんとまあ生意気になったもんだ。


そして、夕食時。

ほとんど物置同然だったダイニングテーブルには、様々な品が並んでいた。

「……すげぇ。これ、本当にエリが作ったのか？」

ひとり暮らしを始めて長いが、かつてこれほどまで豪華な夕飯が並んだ試しはない。

メインの回鍋肉《ホイコーロー》を中心に、おひたしや煮物といった副菜もしっかり揃《そろ》っている。

しかも、そのどれもが盛り付けもきれいだった。おひたしなんか、どこに仕舞ってったかもわからない小鉢に盛られ、鰹節《かつおぶし》まで丁寧に振りかけられている。

ちょっとした定食屋で出てきても遜色《そんしょく》ない品々に加え、インスタントじゃない味噌汁《みそしる》と白いごはんまで。

「どんなもんだい」

エリは堂々と胸を張る。その自信も納得だ。

「もちろん、見た目だけじゃないんだから。さ、食べよ食べよ♪」

促されるままさっそく席に着き、「いただきます」と声を合わせて食事を始める。

「……めちゃくちゃうまい」

豚バラを使った回鍋肉は、甘塩《あまじょ》っぱい味噌ダレがしっかり絡《から》んでいた。肉本来の旨味《うまみ》が際立つ味付けで、噛《か》めば噛むほど脂《あぶら》の甘さが広がる。鼻から抜ける味噌の香りも芳醇《ほうじゅん》だし、キャベツのシャキシャキ感も絶妙だ。

おひたしも、しっかりと濃い目の出汁《だし》に漬かっていたのだろう。ほうれん草の風味と出汁の仄《ほの》かな塩味のバランスがちょうどよく、さらに鰹節によってまろやかな香りが彩《いろど》られ、添え物以上の一品に仕上がっていた。

「でしょ〜。でもよかった、お口に合ったみたいで。まあ、回鍋肉は普通に素を使ったやつだけどね」

「いや、でも充分うまいよ。ひとりで飯食うってなると、わざわざ作らないしさ」

「だと思ったよ。包丁は切れ味悪いし、コンロ周りはほこりだらけ。お塩も湿気《しけ》ってカッチカチ。料理の痕跡ゼロだったもん」

「でも、だからかな。なんていうか……嬉《うれ》しいんだわ」

誰かの作った料理というだけで、堪《たま》らなく嬉しい。それは偽《いつわ》らざる気持ちだ。

元々のエリの料理がおいしいことも事実だけど、きっとこの喜びが、さらなる調味料となっているんだろう。

「こうやって誰かの作ってくれた飯を一緒に食べるって……幸せなんだな」

湯気の立つ味噌汁を眺めながら、しみじみと漏《も》らす。

「……ふふっ」

「なんだよ。おかしいかよ」

「ううん。全然。ただ『長年洞窟《どうくつ》の中で独りぼっちで生き残った人』みたいな感想だったから、ちょっと笑っちゃった」

どんなキャラクター設定だよ。ていうか、やっぱりおかしくて笑ったんじゃねぇか。

「でも、そんなふうに言ってくれるのは私も嬉しい。ありがと」

エリはにこりと笑う。言葉の通りの嬉しいって気持ちとは別に、どこか安心したような声音にも思えた。

もしかしたら、母親以外に食事を振る舞うことに、緊張していたのだろうか？

母子家庭の中で、忙しい母親に代わって家事を手伝うようになり、そうして料理も覚えていったエリにとって、腕を振るう相手と言えば母親だけ。

そう考えれば、まったく緊張しない……なんてことはあり得ないだろう。

自信満々だったのも、ちょっとした強がりだったのだろうか？

そう思うと、余計にエリのことがかわいく見えてきてしまった。

「これで私も、叔父さんの胃袋をがっちりキャッチしたってことだよね」

「……はい？」

「だからさ。男の人は胃袋で摑《つか》め、って言うでしょ？　叔父さんがそんなに褒《ほ》めてくれるってことは、摑めたってことだよね？」

前言撤回だ。

強がって自信満々を装っていた……なんてしおらしさは微塵《みじん》もなかったかもしれない。

「確かにうまいけど……『男は胃袋で摑め』って、いま使うのに適した言葉か？」

ニュアンス的には、恋人とか旦那の気を引かせるのに成功した、みたいなときにこそ合いそうなものだが。

叔父が姪に胃袋を摑まされて、なにがどうなるってんだ。

「適してるよ。私、叔父さんに絶対言わせてやる！　って思ってたんだから。……『エリの作る飯は最高だ……。これからもずっと、俺のために作ってくれないか？』」

エリは声を低くし、指先で顎《あご》をさする。

よく観察してるよなぁ、と改めて感心してしまった。

声質はともかく、感心したときに顎の下をさするのは、確かに俺のクセだった。

「これからもって。作ってくれるのはありがたいけど、ずっとはいかないだろ」

エリが俺の家に通う理由は、通学路の途中にあるからなのと、母親の仕事の都合で預かることになったからだ。それらの条件が変化すれば、必然的に通いはなくなる。

言うなれば、これは期間限定の関係だ。最長でも、エリが高校を卒業するまでの間。

その先も続く関係とは思えないし、続けるつもりだってない。それぞれの生活がある中で、ずっと一緒とはいかないんだから。

「でも、私はそのつもりだよ？」

なのにエリは、あっけらかんと続けた。

「叔父さんのために、これからも毎日ごはん作ってあげる」

笑顔で発したエリの言葉が、やけに重く感じてしまった。

他意がないのなんてわかっている。単なる子供の、一時的な気持ちの発露だ。

形にするための言葉を他《ほか》に持ち合わせていないだけ。

だけど俺は、その言葉の持つもっと他の意味を知っている。
知っているからこそ――

……って、バカか俺は。飛躍しすぎだ。あり得ない。

というか、一瞬でも妙な意味を想像してしまった時点で、叔父として気持ち悪すぎる。

俺はゆっくり息を吐いて頭の中を整えた。

「まあ、長くても高校を卒業するまでの話だろうけど。好きにしていいって言った手前、俺はもう止めないよ。エリのしたいようにしたらいい」

「うん。じゃあ、そうするね」

エリはふにゃっと笑って、味噌汁をすすった。

ほぅ……と和《なご》んだような顔を浮かべるエリを見ていると、なんだか小難しいことを考えようとしていた自分が、アホらしくなってしまった。

もちろん、すべての問題がクリアになったわけじゃない。

エリを心配だと思う気持ちがある一方、叔父が女子高生の姪を毎日自宅へ上げることの世間的な是非は、現時点で答えなんか見つかっていない。

でも改めて、守ってやりたいなって気持ちが本物なのは痛感した。

そのぐらいエリは、どんなに家事スキルが高くとも。

どんなにかわいらしい少女に育っていても。

俺にとっては大事な家族で、大切な姪っ子でしかないと思ったから。

——こうして。

アラサーな叔父と、姪っ子JKとの半同居生活は、まったりと幕を開けたのだ。

＊　＊　＊

と、そんなこんなな経緯があって、いまに至《プロローグ》る。

エリは、俺が放り投げたままのスマホを拾いながら、

「まあ、話だいぶ逸《そ》れちゃったけどさ。なにがあったにしろ、ものに当たるのはダメだよ」

至極まっとうな正論だった。ぐうの音も出ない。

「そうだな……反省する。でも、本当に大したことじゃないから、あまり気に……」

ふとエリの動きが止まっていることに気づいて、頭の中に疑問符がぽつりぽつりと浮かぶ。

けどふいに、その疑問符の中から突然変異——もとい感嘆符《かんたんふ》が飛び出した。

「エリ。スマホ返してくれ……いますぐに」

もっとも、いますぐ返ってきたところで、時すでに遅しなんだろうなぁ。

「……そんなにショックだったんだ。婚活、失敗しちゃったの」

ほらな。画面が消える前に拾われたせいで、表示されたままのアプリのメッセージ画面を見られたんだ。

なんというか、もう、恥ずかしいやら空《むな》しいやらだ。

エリはスマホを俺に差し出しながら、申し訳なさそうに口を開いた。

「ペアメイトって、婚活アプリだよね？　ユーチューブでもよく広告流れてるから、わかっちゃった」

最後に小さく「ごめんなさい」と付け加える。

この際もう、見られたことはどうでもいい。そもそも、アプリを開いたままスマホを投げた俺が全面的に悪い。不可抗力的に見てしまったエリには、なんの落ち度もない。

ただこう、なんというか……。婚活をがんばってて、あまつさえ結果が芳しくないところを身内に知られるのは、自分史上最高レベルの醜態に感じた。

「……穴があったら入りたい。ないなら掘ってでも入りたい。いっそ埋めて」

「ご、ごめん……そんなに落ち込むとは思わなかった」

「エリが悪いわけじゃない。自分の不甲斐《ふがい》なさが許せないだけ。でも、できれば誰にも言わないでほしい。それこそ、姉貴にも」

「わかった。言わない。お母さん、絶対叔父さんのことからかうもんね」

からかう？　そんなかわいげのある行為じゃない。

思い出すだけでも辟易《へきえき》となるから詳しくは割愛するが、俺は姉貴の様々な仕打ちのせいで、一時は女性不信――特に年上女子恐怖症に陥《おちい》ったこともある。

そんなレベルで俺をイジることに命かけていた姉貴に、『結二《ゆうじ》、婚活中』と『結二、婚活失敗』なんてネタを放ってみろ。ハイエナもビックリのスピードで食らいついてくるはずだ。

「でも、なんで婚活なんてしてるの？」

「なんでって、そりゃあ、結婚を考えてるからだよ」

「ふーん。叔父さん、したいんだ、結婚。でもそうだよね。じゃないと、わざわざ婚活アプリ使ってまでがんばらないもんね」

エリの言う通りだ。婚活アプリは大半が有料。

大した出費ではないけど、わざわざ支払ってまで利用する以上、真剣に出会いを求めている人が多い印象だ。

「俺も歳《とし》が歳だし、でも収入はある程度見込めるようになってきたし、一方で孤独死なんか死んでもごめんだからさ。奥さんと暮らすって未来を考えたくもなるんだよ」

「孤独死なんかさせないってば。私も通ってるんだし」

「でもそれは、いつまでも続けるってわけにはいかないだろ？」

エリは、露骨にシュンとなってしまった。

「続けるかどうかは……私次第だし」

「そりゃそうかもしれないけど。高校卒業して、ここから離れた大学に進学したり、俺が他の場所に引っ越さなきゃならなくなったり、他の要因でも通えなくなる可能性はあるだろ。あとは、エリに彼氏ができちゃったりしたらさ」

するとエリは、なぜかむくれた。

「作らないよ、彼氏なんて。興味ないもん」

うーん、そうか……。

エリぐらいの年頃は、恋のひとつやふたつに興味津々《しんしん》だと思っていたんだけど。

「だいたいさ。そんなにいいもんかね、結婚って」

……いや、そうだった。エリならそういう気持ちになるのも無理はない。

ため息をつくエリを見て、腑《ふ》に落ちた。

エリの家は、彼女がまだ八歳の頃に離婚している。元旦那の浮気《うわき》が原因だ。

だからこそ、エリとしては『結婚』という言葉や行動に思うところがあるんだろう。

結婚はもちろん、そこに繋《つな》がる色恋沙汰《ざた》すらも、彼女にとっては話に上るだけで眉《まゆ》をひそめる地雷なのかもしれない。

「……悪い。確かにエリ的には、結婚とか恋愛は嫌な思い出だよな」

「いや、そこまで深刻でも否定的でもないけどさぁ」

ばつが悪そうに答えるも、エリは二の句を継ぐのに困っている様子だった。

「まあ、エリのこの通いがどうなるかはともかくだ。そんなこんなで、俺は真剣に結婚を視野に入れてるってわけ」

「ふーん。でも、失敗続きなんだよね？　なんで？　叔父さん、見た目はまあまあ普通だし、お仕事もちゃんとやってるのに」

　まあまあ普通って、それ褒めてないだろ。

　しかも、わざわざ失敗続きの理由、掘るか？

「それは、なんていうか……」

　言いにくいが、ここまで出てしまったらいっそ、吐き出すほうが楽か。

「フリーランスは将来的に怖いからお断り、なんだと」

　ぶっちゃけ今日日《きょうび》、正社員だからって安心できない世の中だとは思う。けど意外と『中長期的に仕事を失わずにすみ、毎月決まった日に決まった額のお金が振り込まれる』状況を求めている人は多い。

　少なくとも俺がフラれたダメ押しの一発は、『在宅で映像編集・動画制作の仕事をしているクリエイター』というステータスだ。たぶん、通帳の中を見せたって「よくわからないし安定してなさそう」とか言われてフラれるのがオチだっただろう。

「なにそれ。そんな理由でフるような人、こっちから願い下げじゃん」

さっきまでは不満そうだったのに、今度は頰《ほお》を膨らませ始めたぞ。

でも、なんだろう。そう俺の身になって言ってくれるのは、ちょっと嬉しいな。

「そんでさ、婚活なんていっそきっぱり諦《あきら》めて――」

エリは、屈託のない笑顔を作り、

「私と一緒に暮らしちゃえばいいと思う」

……前言撤回だ。俺の身になっての発言ではなかった。

「通いじゃなくて、普通に一緒に住むの。家事全般お手の物だし、叔父さんのごはんの好みも知ってるし、お仕事の邪魔だってしないよう気遣えるし。それに私、叔父さんとだったら結婚してもいいよ？」

「叔父と姪は結婚できません。以上、この話は終わり」

叔父と姪は三親等にあたる。日本の法律上は結婚を許されていない。

「じゃあ、内縁の妻ってことにしたら？　婚姻届は出さなくても大丈夫だし」

「だったら、ただの同居人でいいだろ。そもそもが親族なんだから」

「てことは、親戚ってことで同居ＯＫってこと？」

しまった。つい誘導された。

なんて答えれば穏便にすむ……というか、この与太話《よたばなし》から回避できるかを考えていると、不意にキッチンのほうで、なにかの煮えている音が聞こえてきた。

「味噌汁、沸騰してるんじゃないか？」

「またまた～。そうやってはぐらかそうったって……わわっ！　本当だ！」

パタパタとキッチンへ駆けていき、慌《あわ》てて火を止める。

「ていうか、喋《しゃべ》ってる場合じゃないよね。ごはん、もうちょっとだから待ってて」

どうやら、調理がもろもろ途中だったらしい。うまいこと意識をそっちへズラすことに成功し、俺は密《ひそ》かに安堵《あんど》する。

どうにもエリは、俺との距離感が異様に近い気がしている。

俺の家へ通うことになった初日から気にはなっていたが、甘え癖《ぐせ》とはまた違った方向性で、俺を慕ってくれている……ような気がしている。あくまでも、気がしている程度だが。

俺は世間一般の叔父と姪の距離感がどの程度のものなのか、測る物差しを持っていない。だから、正常なのか異常なのかもよくわかっていない。

慕ってくれるのは嬉しいが、どこまで本気なのかを図りかねているのが正直な気持ちだ。

もちろん迷惑なんかじゃない。むしろ、エリは俺の身の回りのあれこれを楽しそうにやってくれるので、本当に助かっているし感謝もしている。

あくまでもかわいい姪っ子として俺も慕い、こうして部屋に来るのを受け入れている。

――ただ、たまにどうしても、考えてしまうときがある。

エリは確かに姪っ子で、三親等で、家族ではある。

けど、世間的には女子高生。多感な年頃だ。

そんな少女が、親族とはいえさも当然のように、なんの抵抗もなくアラサー独身男性の家に入り浸るのは……どうなんだろう、と。

そんなことを考えながら、スマホでなんともなしにニュースアプリを開く。

ここ最近、ずっと世間を賑《にぎ》わせている見出しが目に留まる。

『俳優の堀恭平《ほりきょうへい》(28)、女子高生にわいせつ行為か⁉』

人気だったイケメン俳優だ。ドラマをリアタイ視聴しない俺でも、顔と名前が完全に一致するほど。しかも俺と同年代。

そんな光の世界の人間だったアラサーが、女子高生に手を出した容疑で逮捕。SNSやワイドショーなんかでも、連日取り沙汰されている。

世間の目はこうなのだ。アラサーと女子高生の関係は、こうして犯罪の臭いを容易にまき散らす。非常に疑われやすいものだ。

エリは俺の姪だ、といくら証明しても、好奇の目はきっと避けられない。

最初は、エリのことが心配だからというもっともらしい理由で、通うことを許した。

そうして始まったエリとの半同居生活は、なんだかんだで心地よいものだった。

だからこそ、どこかで俺も、この現実から目を背けていたのかもしれない。

「……いまさらだろ、そんなの」

ボソッと口に出して、かぶりを振った。

俺の行いは、エリを守るためだ。姪を……家族を守るため。

赤の他人の女子高生に手を出したクズどもとは、根本的に違う。

世間の目を気にするなら、最初からエリの要望を断ればよかったんだ。あとになって言い訳がましくならない分、そっちのほうがまだ誠意があるんだから。

疑われたなら、胸を張って証明すればいい。

エリは——芝井絵里花《しばいえりか》は、俺の姪だ。

かわいくて大切な、家族なんだと。

―― 第 二 章 ―― 映像編集者

What kind of partner will my niece marry in the future?

映像編集の仕事と一口に言っても、そのやり方や内容は案件や媒体、編集者《エディター》によって多岐にわたる。

テレビ放送なのか映画なのか、ミュージックビデオやプロモーションビデオなのか、ユーチューブなどの配信動画なのかなど。

俺《おれ》は、これまでのキャリアの中でいろいろ携わってはきたが、最近はユーチューブ動画の編集代行も経験と思って仕事を請けていた。

こっちを主軸にするなら、チームを組んで営業とディレクションに専念したほうが稼ぎ方としては賢いんだが、手を動かすほうが好きな俺はまだ視野に入れていない。

多いときは週に八本ぐらいを納品してる。単価は安いが、その量をこなせるスピードとスキルがあれば、口座から出ていく金額を気にしなくてもいいぐらいには稼げる仕事だ。

『――あい、納品確認したっす！　ゆーじさん、あざっした！』

今日も、得意先のひとりであるユーチューバー『SUGASHUN』こと春日隼《かすがしゅん》に、完成品を納品したばかりだった。

ビデオ会議アプリで繋《つな》がった画面の向こうから聞こえてくるこの軽いノリも、二年ほどの付き合いともなれば慣れてきたものだ。

『やっぱゆーじさん、頼りになるっすね！　仕事は秒速、演出もこっちのイメージ通り。もしかして生き別れのオレっすか？』

「なんだよ、生き別れのオレって……。そこは双子とかだろ」

『わかってないっすね！　まるでもうひとりの俺がそこで作業してるのかも⁉　ってぐらい、バッチリイメージ通りに仕上げてもらえてる的な的なテキーラって感じなんっす！』

うむ、よくわからん。特に最後のはなんなんだ。

これが齢《よわい》二十三にして巨万の富を荒稼ぎしている、トップユーチューバーの思考回路なのか。凡人には到底追いつけない領域だな。

「要は、隼とよく似た思考で演出と編集ができてる……ってことを言いたいんだよな？」

『たぶんそうっす！』

隼はケラケラと笑う。小難しいことはどうでもいい、と言わんばかり。

『いやでも、実際多いんすよ？　「なんでここでこのフォントでテロップ出すの？」とか「なんでこの決め顔シーンになんのエフェクトもかけてないの？」とか「この微妙な間はなに？　テンポ悪！　詰めてよ」とか、そういう細かいとこに気を使えてない系なやつ』

「まあ、言わんとすることはわかるかな。別にその編集者も、考えなしにやってるとは思わないけど。ちょっとした気遣いができてるだけで、動画はうんと見栄えはよくなるし」

『そうそう！　オレ、そういうのめっっっっっちゃ気にするタイプなんすよね。視聴者さんいてなんぼ的な？　まずは見やすくて、そんで楽しい動画にしなきゃっすよ』

口調はこんなだし、若干《じゃっかん》、人生舐《な》めている感は否《いな》めないものの。

俺が隼を認めているのは、高い収入と、それを裏付ける高いホスピタリティがあるからだ。

隼は隼なりに、視聴者ファーストで動画を作成している。そこに好感が持てるんだ。

『その点ゆーじさんは、こっちからなんも言わなくても、バシッと決めてくれるんで！』

「買いかぶりすぎだって。俺は関わって長いのもあるし、最低限のガイドラインを元に編集したり、最初に隼の動画のテンポ感を研究してたからだよ」

『そういうところがやっぱ神なんすよ、ゆーじさん！　そんなにオレのこと知り尽くしてくれてるんすね。尻《しり》にあるホクロまで知ってる感じっすか？』

「それは知らねぇよ、いい加減にしろ」

とはいえ、まあ、さすがにこのノリに長く付き合うのは疲れてくるんだけど。

実際、ユーチューブの動画編集に正解はない。

ただ、アナリティクスなどから導き出されるセオリーは、確かに存在する。

一本長回しの動画を、どのように切って繋いでいけばいいのか。

ＢＧＭやＳＥを、どういうシーンでどの程度付けていけばいいのか。

そういう箇所ひとつひとつへ、気遣いができるかどうか。

それらは動画を編集する上での必須スキルだと思っているし、俺はその気遣いを丁寧に施しているに過ぎないんだけどな。

『まあ、そんなわけなんで。変なところに投げるより、これからもゆーじさん一筋でお願いしたいっすよ』

「了解。今週来週はまだ余裕あるから、撮り溜《た》めてる素材があるなら投げてくれて構わない」

『うっす！　あとで投げとくっす。でも安心したっすよ～』

「安心した？」

『あ、ここからはもう半分雑談なんすけどね』

こうして急に話題を変えてくるのは、だいたいいつもの流れだ。納品の確認を通話で手短にすませ、そのあと十分ぐらいは雑談に入る。

この時間は、何気に大事だ。

こうした雑談の中で、クライアントの求める編集の方向性や運営するチャンネルの情報を仕入れたり、自分では追い切れていない世間の流行を把握したりできるからだ。

『この半年で、チャンネル登録者数と再生回数が爆伸びしてるチャンネルがあるんすよ。短めの実写作品をアップしまくってるチャンネルなんすけどね』

「へえ。でも、別に珍しくはないだろ。そういうチャンネルも、その動向も」

『そっすね。オレほどじゃないっすけど、まあ普通に成功しそうな匂《にお》いはしてるんすよ。で、おもしろいのが、最近アップした超エモい短編ドラマが一気に再生数、百万行ってて』

ユーチューブへの新規参入が加速した昨今、トップユーチューバーならともかく、知名度そこそこ程度のユーチューバーでは、十万再生行くのもシビアと言われている。もちろん、企画やサムネイルの工夫次第と、アップしてからの期間にもよるけど。

にも拘《かか》わらず、短期間で百万再生、か。

新進気鋭といったキャッチが似合いそうなチャンネルなんだろうな。

『ジワジワ伸ばしてた登録者の口コミもあったと思うんすけど、見てみたら中身もめっちゃエモくて、バズんのもわかるなぁって』

「口コミでか。勝手に拡散していくのは、運営側としては理想の展開だよな」

俺は答えつつ、その話だけでは隼が取り上げるほどのトピックではない気がしていた。

彼は、自分レベルでは『普通』と感じる程度の話を、わざわざ取り上げるやつじゃない。

『で、問題はここからなんすけど。そのチャンネル、配信者が誰《だれ》なのかよくわかってないんすよ、クレジットされてないから』

「実写系なら、出演してるやつが配信者なんじゃないのか？」

『それがほぼ毎回、演者が変わるんすよ。売れてない役者使ってるのかも。で、配信者は撮っている人、あるいは……』

「個人じゃなく、ひとつの団体がチャンネルを運営しているかもしれない。ってなると、演者を毎回変えられるぐらい運営資金も潤沢な組織、か」

『だからたぶん、ドラマとか映画関係のプロ集団だって踏んでるんすよ。素人クオリティーじゃない。脚本も、撮影技術も、音関係も編集も、あらゆる要素がユーチューバーの枠を超えてる。でもそれを、ユーチューブで伸びるフォーマットにガチッとはめてきてる、って感じで』

「海外の強豪クラブチームが国内リーグで暴れ散らかしてる、みたいなことか？」

『そうなんすよ！　だから、オレクラスの実力派クラブは「へ～」って感じなんすけど、その下の層のユーチューバーさんがみんな、阿鼻叫喚《あびきょうかん》のフェス状態で！』

「阿鼻叫喚の、フェス……」

言い得て妙というか、珍しくイメージが湧《わ》いて、ちょっと笑ってしまった。

「けどその話が、さっきの『安心した』にどう繋がるんだ？」

『それなんすけどね』

隼は、相変わらず軽薄な笑みを浮かべて、

『ゆーじさん、関わってません？』

「……俺が？」

『なんつーか、編集のクセっつーんすか？　そういうのがゆーじさんに似てるなって』

「編集のクセって。そんなのわかるかよ。プロでも見抜けないぞ」

映画監督の演出のクセとか、脚本家の台詞《せりふ》回しのクセとか、そういう類いならともかく。編集みたいな裏方も裏方のクセなんて、そうそう表に現れるものじゃない。

『ゆーじさんのだけっすよ。だってオレ、ゆーじさんの編集の大ファンなんで！』

「そりゃどうも。でも、俺には心当たりないけどな」

『そっすか？　じゃあなおさら安心したっす！　そっちの仕事で手一杯になって、こっちの代行依頼、引き受けてもらえなかったらどうしようって思ってたっすから』

「そこは安心してくれ。お得意さんの隼とは、これからも一緒にやっていきたいと思ってる。ただそのチャンネル、確かに気になるな。名前は？」

『【サ行企画チャンネル】っす。カタカナの【サ】に行事の【行】っす』

「わかった。あとでチェックしてみるよ」

俺はスマホを手に取り、メモを取る――フリをした。

隼のやつ、ノリは軽いくせに意外と洞察力が鋭くて驚かされるな。

まさか、そんなにクセが出てしまっていたとは……。

隼の憶測通りだった。まさしく俺は【サ行企画チャンネル】に関わっている。動画編集者というポジションでだ。

しかもこのチャンネルは、隼の言う通りプロが――その界隈《かいわい》のトップクリエイターたちが関わっている。

けどこの情報は、絶対に極秘扱いだった。チャンネルを運営する上での戦略だ。

名前を出したほうが、一部メンバーのネームバリューで登録者数も伸びるのは明らかなんだが、逆に一発屋で終わる可能性も高かった。データ分析をミスった有名な芸人やアイドルがユーチューブを始めても、初動の勢いはあるが次第に飽きられる現象と同じ。

そのため、あえてメンバーの名前は伏せることになったのだ。だから運営側の詳細はもちろん、超裏方の俺でさえクレジットはしていない。

隠している以上、隼に情報を開示するなんてもっての他《ほか》だ。俺個人としては信頼の置けるクライアントだが、【サ行企画チャンネル】にとって、いまはまだ競合他社。実情を話せるターンではない。

隼に話せるのは、然《しか》るべきタイミングが訪れたらだろうな。

『あ、でも【サ行企画チャンネル】の動画、個人的にはめっちゃ好きっすよ。なんつーか、これからユーチューブの既存ルールをぶっ壊す、すげぇおもしろいことやらかしそうで！』

やらかしそう、か。

それが『目も当てられない失敗』を意味しているのか『ひとつのジャンルを築く』を意味しているのかはわからないが、隼に注目されている時点で順調と考えてよさそうだな。

「隼がそこまで言うんだから、結果残しそうだよな。俺も動向は気にしてみるよ」

そう、あくまでも知らないフリを押し通した直後、スマホにライン通知が表示された。

エリからのメッセージだった。

『今日のごはん、なにがいい？』

女子高生なのに絵文字もなにもない質素な文体で、そう書かれていた。

エリとラインをするようになって知ったけど、最近の女子高生は、おじさんおばさんが思っているほど絵文字を多用しないらしい。

『どうしたんすか？　ゆーじさん。……もしかして、婚活の相手っすか？』

ニヤニヤしながら聞いてくる隼に、俺はため息を漏《も》らした。

「違うよ。これは……仕事の連絡だ」

姪からの連絡だと正直に言うべきかどうか、一瞬、迷ってしまった。

言っても問題はない関係なのは間違いない。

だが先日の、女子高生に手を出した俳優のニュースが脳裏をかすめてしまった。

『な～んだ。せっかくだから、いま狙《ねら》ってる人がいるなら写真見せてもらおうと思ったのに。オレ、人を見る目はあるんで。品定めするっすよ？』

「させたくねぇよ、こんなノリのやつに」

『え、じゃあいるんすか？　狙ってる人！』

しまった……余計な返しをしたせいで、掘られたくないところ掘ってきやがった。

隼のやつ、狙ってカマかけたのか？　そんなそぶり全然ないけど……。

あるいは、俺自身のミスか。ならしょうがない。

「いたよ。いたけど……ついこの前、またフラれた」

『マジっすか⁉　そりゃお気の毒っすね……。この一年でもう、五十人ぐらいにはフラれてんじゃないっすか？』

「五十行く前に諦《あきら》めてるわ。十人だよ。ていうか言わせんな、空《むな》しくなるから」

『アプリって思ってたより実りないんすね。時間と金の無駄じゃないんすか？』

くそ、明け透けに痛いところを突いてくるな……。

「たまたま俺はうまくいってないだけだ。うまくいってる人もいるんじゃないか？」

『いや、ゆーじさんがうまくいってないなら、ゆーじさん的に無駄でしょ？　って話っすよ』

オブラートに包まず本音をバスバス話すところが、こいつのいいところでもあり悪いところなんだが……もうちょっと言い方考えてくれてもよくないか？

『だいたい、結婚なんてしなくてもいいって思うんすけどね、オレは』

「隼はまだ二十代前半だからそう思うんだよ。俺だってお前ぐらいの時は、色恋や結婚よりも仕事優先だったし。歳《とし》取れば考え方も変わるさ」

隼は「う～ん」と唸《うな》る。そんな自分の未来を想像できないのだろう。でも、隼の年齢ならそれもそうだろうな。

昔の自分を見ているような感覚になりつつ、俺は手早くエリへ返事を打った。

『エリが食べたいものでいい』
そして、再び隼に話しかけようとした……のだが。
『それじゃあカレーにする！』『お肉は鶏派？　豚派？』『それとも牛？』
即レスだった。ちょうどお昼時だし、昼休みなのか？
ポスポスと短文をテンポよく送ってくるエリに、俺は打ち返す。
『じゃあ鶏で』
『名古屋コーチン？』『比内《ひない》地鶏？』『阿波尾鶏《あわおどり》？』
『なぜその三択？　普通のでいいよ』
『じゃあ丹波《たんば》地鶏！』
『話聞いてる？』
我ながらナイスなツッコミが打てたな……とか思ってしまった。
ただ、エリからのメッセージは止まる気配がなく、ラリーは続く。
『ていうか』『丹波地鶏ってどこ産？』
『知らないで言ってたのかよ。丹波だから兵庫だろ？』
『そっか！』『ちょっくら絞めてくるぜぃ』
『そのまま帰ってこなくていいぞ』
『ぴえん』『超えてぱおん』

なにが「ぴえん」だよ。てか「超えてぱおん」ってどういう意味？

と疑問に思っていたら、パソコンのスピーカーからため息が聞こえてきた。

『いやそれ、絶対仕事じゃないっすよね？　なんでオレほったらかしてニヤニヤしながらラインしてんすか、もう』

なぜか隼は拗《す》ねたように唇を尖《とが》らせていた。

「あ、ああ。悪い。ていうか、そんなニヤニヤしてたか？」

『してたっす。これ録画してるんで、あとで見せるっすよ』

「……いや、いい。死にたくなるから」

そうか。俺、ニヤニヤしてたのか。

しかも、いくら気心知れた相手とは言え、クライアントをほったらかしてまでエリとのラインに夢中になるとは。

これは……さすがに改めないとダメだよな、うん。

『ごめん！』『昨日言い忘れてたけど、洗濯物干しといてくれるかな？』『タイマーはセット済みです！』

朝起きてエリのメッセージに気づいたときには、もう午前十一時を過ぎていた。

寝間着のまま歯を磨きつつ、ラインを返す。

『すまん、いま起きた。これから干す』

ネットニュースに目を通しながら、ほぼ無心でシャコシャコと歯ブラシを動かしていると、ピロンとラインの通知が鳴る。

『遅っ！』『お寝坊さんだ』

『仕事が終わらなくて夜中まで起きてたんだ。泥のように眠ってたっぽい』

『草』『お疲れさま！』『今日は天気いいし、すぐ乾くよ！』

相変わらずエリのラインは、一言程度の短い内容がテンポよく続く。

俺《おれ》みたいなメール全盛期を生きたおっさんは、どうにも長文化しやすくなるな。

そんな世代差を感じながら、洗濯物を取り出してリビングへ向かう。

窓の外は、エリの言う通り明るい青空だった。

四月ももう終わり。昼間は初夏への足音も聞こえるようになってきた、そんな時期。

南向きのベランダに出ると太陽光が直に降り注《そそ》ぎ、じんわりと汗がにじんできた。

「そういや、夏は地獄だったな、このベランダ」

この部屋に越してきたのは、一昨年《おととし》の年末頃《ごろ》だ。内見したのが冬場で、南向きは暖かくていいと感じて即決だったんだが、初めての夏は地獄を見させられた。

あの殺人的な暑さが今年もやってくると思うと、洗濯物をベランダに干すって行為は億劫《おっくう》に感じてくるな。

「やっぱ買うかな、ドラム式」

いろんな人が「便利」「時間効率がいい」「楽」と太鼓判を押す、令和の三種の神器とも言えるドラム式洗濯機。

いつも洗濯物を取り込んでくれたり、片付けてくれるエリにとっても、そのほうが楽なんじゃないだろうか。喜んでくれるかもしれないしな。

「……あ」

ふと、俺が購入する理由にも拘《かか》わらず、エリのことを考えているのに気づいてしまった。

叔父と姪。三親等。親子や兄弟のように近いわけではない、親戚《しんせき》の子。

そんな距離にいたはずのエリが、ほぼ毎日うちへ通い、半同居生活を営むようになった。

俺とエリの間にあったはずの様々な『距離』は、この一ヶ月でずいぶんと曖昧《あいまい》になったんだな、と感じた。


十六時を回った頃、インターホンが鳴った。エリだろう。仕事を中断して出迎えに行く。

「叔父さん、お邪魔しまーす」

「おう、いらっしゃい」

もう何度になるかなんて覚えちゃいない、毎日のやりとり。

最初は妙にくすぐったく感じたものだが、いまとなってはちょっとした安心感すら覚える。

もちろん、その安心感とは『ここまで何事もなく無事に姪が来てくれた』という、親心のようなものだが……。

靴を脱ごうとするエリの手にはエコバッグが握られたまま。

特になにも言わずに持ってやると、エリは「ありがと」と笑った。

「やった～、フローリングだ～！　冷た～い」

リビングに入った途端、エリは子供みたいにはしゃいで、ぺたりと女の子座りをした。

「今日、地味に暑くって……。ひんやりしてて気持ちいい～」

なるほど、スカートの下はほぼ素足だからな。太ももや尻《しり》へ、床の冷たさがダイレクトに伝わってくるのか。女の子だからこその涼み方だな。

「四月下旬にしては気温高いって話だしな。まあ、俺は部屋にこもって仕事してたから、よくわからんけど」

「叔父さん、引きこもりだもんね。スイッチひとつでクーラーつけられる部屋に一日中」

「誰《だれ》が引きこもりだ。在宅ワーカーだ、在宅ワーカー。お仕事してるの」

「そんなムキになって否定しなくてもいいのに」

エリはぺたりと座ったまま、にしし、と意地悪そうに笑った。

ムキになんかなってないっての。……なってないよな？

「ねえ叔父さん。シャワー借りてもいい？」

「……え？　シャワー？」

突然の申し出に、俺は面食らってしまった。

「汗かいちゃってさ。ベトベトするの気持ち悪くて」

確かに、気温が高くなるとは言ってもまだ四月。

衣替え前の厚着だからな。不快感は想像できるが……。

「確認なんだけど、俺んちの……この家のシャワーをか？」

「いや、それ以外にないでしょ選択肢」

ハッキリと言い切ったエリだが、相変わらず俺は、内心戸惑っていた。

親戚とはいえここまであっけらかんと、アラサー男の使ってるシャワーを借りられるものなのだろうか……。

別に、浴室になにか変なものを置いてあるとか、そんなことはないんだが。

「まあ、好きに使って構わないけど……」

「やった。ありがとと、叔父さん♪」

ただ、うちの場合、エリが普段から風呂《ふろ》掃除までやってくれるから、彼女にとってはもはや勝手知ったる浴室なんだよな。だから抵抗感がゼロなのかもしれない。

それに、世間一般の叔父と姪の距離感をよく知らないから、余計疑問に思っているだけで、案外これが普通かもしれな――

「それじゃ、さっそく浴びてこよ～」

ガバッと。

エリはなんのためらいもなく、セーラー服を脱ぎ捨てた。

あまりにも勢いがよすぎて絶句してしまったが、どうにか言葉を絞り出す。

「……お前な。いくらなんでも、脱ぐならもう少し恥じらいを持てっての」

「え？　いや、キャミ着てるじゃん」

そう。制服の下は直接下着……ではなく、薄いクリーム色のキャミソールを着ていた。

肩に二種類の紐《ひも》がかかっている。うちひとつは下着で間違いないだろうが、この程度なら確かに「下着が見えている」とは言わないのかもしれない。

……けど、そういう問題じゃない。

「着てようがいまいが関係ない。男の前で簡単に脱ぐなって言いたいんだ」

「別にこんなこと、学校とかじゃしないよ？　叔父さんの前だけだってば」

「俺だって性別的には男なんだが？」

「でも親戚でしょ？　気にしすぎだよ」

そうなのか？　俺が気にしすぎなだけなのか？

叔父と姪って、これが普通の距離感なのか？

うーん……わからん。

「うわぁ、背中も湿ってるなぁ。洗って帰りまでに乾くかなぁ」

エリは、キャミソールの背中部分を触ろうと、体をひねる。

チラリと見えた背中部分は、じんわりと色を濃くしていた。しかも肌に張り付いて、なだらかな体のラインを浮き彫りにさせている。

「どうでもいいから、脱ぐなら脱ぐで洗面所に行け。ここで脱ぐな、行儀も悪い」

「はーい………もしかして、叔父さんさ」

脱いだ制服で口元を隠すエリ。表情がわかりにくくなる。

でも、ちょっと上目遣《うわめづか》いなその目は、ニヤニヤと笑っていた。

「ドキドキ、しちゃってた?」

「するか、親戚相手に。いい加減、怒るぞ」

「あはは。冗談だってば。ごめんなさ〜い」

ケラケラとはしゃぎながら、エリは洗面所へと向かった。

自分で「親戚でしょ?」とか言っておきながら、なんてからかい方をするんだ、あいつ。

さすがに、男に対して無防備すぎるだろ。

エリは『女子高生が制服を脱ぐ』という行為が、有象無象の男どもの劣情をどれほど刺激するのかを、もう少し理解するべきだ。

でないと、マジであの子の今後が危うくて心配だ。

……あと、本当に行儀が悪い。

「あ、そうだ叔父さん」

「なんだ?」

洗面所からひょっこりと顔を覗《のぞ》かせて、エリは言った。

「今度、替えの下着と部屋着も置いてっていいかな? 今日みたいにシャワー借りたあと、着替えたいからさ」

うーん、アラサー男の巣に、親戚の女子高生のものとは言え、女ものの部屋着と下着……か。

「……なんか変なこと想像してない?」

「してねぇよ。好きにしたら？」

「やった！　ありがと。今度持ってくるね」

エリの引っ込んでいった洗面所のほうを眺めながら、ふと思う。

俺の巣は明確に、順調に、日に日に、エリに侵食されていっているようだ。


その夜。二十時半を過ぎた頃。

俺が風呂から上がると、エリはソファでくつろいでいた。

ゴールデンタイムにも拘わらず、リビングに設置しているテレビは真っ暗だ。

「――ぷっ、あはは！」

なのにエリは、急に笑い出した。重なるように、エリのスマホから音声が聞こえてくる。

最近の若い子の興味関心は、すっかりテレビじゃなくユーチューブに移行している……なんてよく聞くが、本当なんだなと痛感させられる。

エリも例に漏《も》れず、スマホで観ているユーチューブ動画に釘付《くぎづ》けだった。

ていうか、こんな真後ろに近づいても気づかないとか、集中しすぎじゃないか？

夕方のからかいの仕返しじゃないが、ここはひとつ、驚かせてみることにした。

「なんの動画観てんだ？」

「うわっ！　……びっくりした」

背後から覗き込むと、エリはビクンと体を跳ねさせた。してやったりだ。

「叔父さん、さいてー。女の子のスマホ覗き見るとか……」

「別に、赤の他人にそんなことはしないって。相手がエリだからだ」

と、まさに夕方のエリと同じロジックで返してやった。

エリは言い返せないのか、ふて腐れたように「ふ〜ん……」とだけ漏らす。

「なんだ。『SUGASHUNチャンネル』か」

目に留まったエリのスマホには、見知った顔をした男が軽快なノリで、商品を開封しているシーンが流れていた。

いわゆる『開封動画』という、エンタメ・検証系ネタの一種で、隼《しゅん》――SUGASHUNの動画の中でも、定番かつ再生数も伸びやすい内容だ。

「そだよ。チャンネル登録もしてるし、いっつも見てる」

エリはそう言いつつ、スマホの画面に目を向けたままだ。

けどふいに「あっ」と漏らし、概要欄を指先ですいすいっとスクロールさせ、

「最近はちゃんと、概要欄も見るようにしたんだよ」

映し出された画面には【動画編集　芝井結二《しばいゆうじ》】とあった。

それをあからさまに見せつけて、エリは俺に笑いかけてきた。

「もしかして、編集したのが俺だって気づいてなかったの、気にしてたのか？」

「まあ、そんなところかも。あと、こんなおもしろい動画を編集した人が身近にいるんだなって、誇らしく思えるから」

誇らしく、か。

そう言われるのは少しくすぐったいな。

「そう言ってくれるのは嬉《うれ》しいけど、この動画がおもしろいのはSUGASHUNの企画力だよ。あいつが企画を考えて、構成を考えて、自分でカメラ回して、カメラの前でおもしろおかしく開封した。俺がしたのは、その一流の素材を使って、ガイドラインの通りに編集を【代行】しただけだ」

ガイドラインとは、動画編集を依頼する際に配信者がまとめる注意点や決まり事のことだ。

複数の外注先へ編集作業を投げる場合、完成動画の統一性を図るために必要となる。

だから基本的には俺も、隼の用意したガイドラインに沿って編集しているに過ぎない。

もちろん細かいところや指定のないところでは、適宜こちらのセンスでアレンジを加えていくこともある。

それがNGとなることもあれば、よりよいクオリティとなって評価されることもある。

けど所詮《しょせん》、動画の「おもしろさ」の根っこは企画だ。

俺は用意された一流の素材を、誰もがマネできるレシピに沿いつつ、ちょっと自己流のアレンジを加えつつ丁寧に料理しただけ。

そしたら、できあがった料理が一流の品になった……それだけだ。

でも、その過程は視聴者には関係ない。なぜなら視聴者に見えているのは、【完成された動画】でしかないからだ。

提供された料理の出来映えは目で捉《とら》えられても、工程にまでは意識を向けられないのが普通。

——にも拘わらず。

「だからすごいんだよ」

エリは言った。少しだけ、誇らしげに。

「私は見る専だから詳しくないけど。いくら一流の素材とガイドラインがあっても、内容をよりおもしろく引き立てるのが編集者さんなんでしょ？ カットを繋《つな》ぐテンポ感とか、演出とか、いろいろ工夫してみんなに楽しんでもらえるように」

正直、驚いてしまった。

エリの言う通りなのだ。まさにその通りなのだが……。

そんなところまで見てくれる人が、こんな近くにいたこと。それが驚きだった。

「なんだろう……縁の下の力持ち的な？ 神は細部に宿る？ わかんないけど、やっぱりすごいなぁって。見てる人は見てるし、気づいてる人は気づいてると思うよ」

エリの言葉には、不思議な説得力があった。

それはたぶん、エリの言う「見てる人」「気づいてる人」というのが、まさにエリのことだからなんだろう。

エリは、自分のことのように胸を張った。

「なので、やっぱり叔父さんはすごいと思うし、誇りに思っているのです」

――動画は、作品は、見る人がいて初めて成立する。

俺だけじゃなく、世の中のクリエイターの大半は、それを意識している。

どうしたら楽しんでもらえるだろうか、を常に考え工夫に工夫を重ねている。

本来なら、そんな苦労は視聴者に伝わらないほうがいい。伝わらないよう作り上げてこそ、本当のプロなんだと思う。

ただそれでも、やっぱり、視聴者の――エリの生の言葉は。

「なにをわかったようなこと言ってんだ」

「うわ、わわ！　ちょ、髪ぐしゃぐしゃは止《や》めてよ～」

エリの頭を乱暴に撫《な》で回す。

艶《つや》やかに整えられていた髪が、ぶわっと広がってしまった。

髪をせっせと手ぐしで戻しながら、エリは不服そうに俺を見た。

なんとか大人の余裕を見せてはいるものの、正直、あんまり顔は見られたくなかった。

嬉しくてつい緩んでしまう口元を結ぶのは、なかなかに難しかったから。

「……私も、いつか」

髪をいじって直しながら、エリがポツリと漏らす。

「人に誇れたり、誰かから誇ってもらえるようなことを、お仕事にしたりするのかな？」

どこか寂《さび》しげなトーンが気になって、俺はエリの隣に腰を下ろした。

「いまはなにか、やりたいって思えることはないのか？　夢とか目標とかさ」

「う〜ん……」

エリは腕を組むと、わざとらしく首を左右に傾けた。

片側へ傾く度に人の肩へ頭が当たるので、むしろ俺の肩へ頭突きしてるのかもしれない。

「あるような、ないような……。よくわかんない。叔父さんと、こうしていつまでも仲よしでいたい、とか？」

「それは仕事じゃないだろ？」

少しだけ呆《あき》れて笑うと、エリは頬《ほお》を膨らませた。

「仕事じゃないけど、したいことだもん」

「……そうだな。エリがそう思うなら、まずはそれでいいと思う」

一拍おいて、俺は続けた。

「やりたい仕事とか、夢とか目標は、見つけようと思って見つかるものじゃないと思うしな。縁があって行動してみて、初めて見つかるって場合もある。自分の中にすでにあって、ふと気づいて見つかる場合だってある」

俺の映像編集の仕事だって、まさにそうだった。

他《ほか》にもやりたいことはあった。

でも紆余《うよ》曲折と縁、そして自分の中に経験があったからこそ、編集の世界に飛び込み自分にできることだと気づき、やり甲斐《がい》を見出《みいだ》していまに至る。

「だから焦《あせ》る必要はない。エリなりの速度で見つけていけばいい。まだ高校生なんだから」

エリの目を見つめる。薄く茶色がかった、きれいな色をしていた。

その瞳《ひとみ》が、わずかに揺らぎ——俺を見つめ返した。

「見つかったとき、叔父さんは応援してくれる？」

「もちろん」

即答した。悩むまでもない。

「エリが見つけた目標や、目指したい夢は、全部応援するよ」

「——うん！」

眩《まぶ》しいぐらいにはにかんだ笑顔で、エリは頷《うなず》いた。

この笑顔のためなら、自分を犠牲にすることだって、俺はいとわない。

月並みだけど、素直にそう思えるような、守ってやりたい笑顔だった。

―第四章―　姪の日常～友達～

お昼休みを知らせるチャイムが鳴る。この瞬間が、私は好きだった。

先生の声とチョークの走る音だけだった世界に、喧噪《けんそう》が弾《はじ》ける瞬間。停滞していた空気が、パチリと鳴って動き始める感覚。

私にとってそれは、どこか安堵感《あんどかん》を覚える瞬間なのだ。

「え～り～かっ！　お昼食べようぜぃ」

「うん。お腹《なか》空いたね～」

主のいなくなった目の前の席に座ったのは、野々原陽子《ののはらようこ》。中学の頃《ころ》からの友達だ。

うっすらと日焼けした肌色と、さっぱりとしたショートヘアが特徴。

中学の頃から中性的でキレイな顔立ちだなぁって思ってたけど、高校に入って髪を短くしてからはいっそう、快活に見えるようになった気がする。

私は、取り出したお弁当箱の蓋《ふた》を開ける。

うん、盛り付けは崩れていない。我ながら彩《いろど》りも味も自信作だったから、ちょっと満足。

「ほえ～……絵里花《えりか》のお弁当、相変わらず盛り付けキレイだね」

「へへっ、ありがと」

調子づいた私は、スマホで写真を撮ることにした。叔父さんに送りつけちゃおう。

「あたしのなんて、おにぎりドン！　おかずバン！　量デデン！　って感じだもん。映えなくて撮る気も起きないや」

「なにその擬音」

おかしくってつい噴き出してしまった。

なまじイメージ通りの擬音だから笑えてしまう。ラップに包まれたおにぎりと、おかずだけの入ったお弁当箱を並べている様子は、まさしくドン！　バン！　デデン！　だ。

「陸上やってるんだから、体力つけないとでしょ？　しっかり食べて、栄養も摂らないと」

「けど、この量食べると午後の授業めっちゃ眠くなるからさぁ」

「午前中だって眠そうにしてたじゃん」

さり気なく突っ込むと、陽子は図星だったのか、黙っておかずの唐揚げを口に含んだ。

「部活、大変なの？」

「ん〜ん。ほんなほとはいよ」

「行儀悪いぞ。飲み込んでから……はい、もう一度」

「そんなことないよ。先輩は優しいし、コーチも教え方丁寧だし、普通に楽しい！」

溌剌《はつらつ》とした笑顔で陽子は答える。これまで浴びてきた太陽の明るさを、体の中に宿しているかのように笑う子なのだ。

「そのコーチも、翌日に絶対疲れを残さないストレッチとか、いろいろ教えてくれる人でさ。試してみたら、次の日の朝も足が軽くって！」

「へえ。なのに午前中も眠いの？　朝練やってたっけ？」

「あたしは短距離だからやってないよ。やってもストレッチか軽ーいジョギングぐらいで、疲れるほどはやらないし」

なるほど。ってことは、午前の授業で眠いのは寝不足……ってことなんだろうか？

すると、私の顔を見て察したのか、陽子は照れくさそうに笑う。

「実はここんとこ、ハマってるマンガがあってさ。読んでるうちに時間忘れちゃうんだよね」

「そういうことか～」

陽子はこう見えてオタク気質なところがあった。

一度のめり込むと、そりゃもうズブズブになるタイプだ。

特に、少女マンガに関しては生き字引と言ってもいい。

「しかも、今度ドラマ化するんだよね。脚本があの塩見冬子《しおみふゆこ》なの！　ヤバいよー【共感力お化け】の塩見冬子脚本とか絶対泣ける～！　原作派としても全っ然文句ない。むしろめっちゃ安心！　楽しみ！」

「わかったわかったって……脚本家さんの名前出されてもさ」

「そっか。絵里花はドラマとか映画、全然観ないもんね」

とはいえ詳しくはないだけで、脚本家・塩見冬子の名前ぐらいは聞いたことがある。こうしてクラスメイトが度々話題に出していたからだ。

そんな具合で、ドラマや映画を一切《いっさい》観なくなった私でも知っているぐらいだから、きっと世間では知らない人なんていないいんだろうな。

「確か去年だっけ？　クラスん中で、瀬戸《せと》監督作品の映画がめっちゃ流行《はや》ったときあったじゃん？　あんときも、絵里花だけ興味ゼロだったもんね」

「瀬戸監督……瀬戸……瀬戸大介《だいすけ》さん、だっけ？」

「え、誰《だれ》？　違うよ、瀬戸弘孝《ひろたか》さんだから」

陽子は肩をすくめた。

もちろん、瀬戸大……瀬戸弘孝さんも、名前ぐらいは知っている。すごく有名な映画監督さんだ。確か、日本アカデミー賞の受賞経験もあった……ような気がする。

例の如《ごと》く私でさえ知っているのだから、世間では言わずもがなの有名人なんだろうな。

まあ、それはともかくだ。

「脚本家さんとか映画監督さんはどうでもいいよ。それより、陽子の寝不足の理由。なんか聞いて損した気分だよ、マンガの読みすぎで夜更《よふ》かしとか……」

「そりゃ自業自得かもしんないけどさぁ。さすがに言い方ヒドくない？」

「ごめんって。二割ぐらいは冗談だから」

「まあ、それならいいけど……二割？　てことは……80パーは本気じゃん！」

そこの計算、指折って数える必要あったかな？

でも、そういう素直なところがかわいくて、再び私は笑ってしまった。

「はあ。絵里花と喋《しゃべ》ってると、なんでいつも主導権握られちゃうんだろ」

「別に、握ってるつもりはないんだけどなぁ」

素直だからこそイジり甲斐《がい》があるし、中学の頃から続くこのパワーバランスに慣れちゃったからこそ、いつものノリでイジっちゃうだけ……だと思う。

……あれ？　それを『主導権を握る』って言うのかな？

「そういえば、ちょっと気になってたんだけどさ」

言い終えてから、陽子はおかずのミートボールを頬張《ほおば》る。

いまさら気づいたけど、陽子のおかず、茶色率高いな……。

ちゃんと咀嚼《そしゃく》し飲み込んでから、陽子は続けた。

「絵里花は結局、なにも部活やらないの？」

「うん。特にやりたいものもないし」

「中学のときも帰宅部だったんだし、高校ぐらい試してみたら？　長く続けたいって思えるなにかが見つかるかもよ」

「長く続けたいなにか、ねぇ」

私には特に、そういったなにかはなかった。

別に、無趣味というわけじゃない。読書したり、たまにマンガ読んだり、料理やお菓子作りをしてみたり、ユーチューブの動画を見たり……自分なりに、暇な時間を有意義に過ごす手段はいくつか見つけてはいる。

でも一方で、陽子の陸上みたいに長く続ける類いのものは、いまはなにもやっていない。ないことで困ったこともないし、意識したことだって少ないと思う。

……ただ、この前叔父さんと話した内容とも、ちょっと繋《つな》がるなって思った。

長く続けたいって思えるなにか。普通はそれが、いつしか夢や目標に変わったりするんだろう。

でも、私にはない。叔父さんの問いに答えられなかったのも、納得かもしれないなぁ。

……そう。

なにもない、はずだ。

い、い、い、

まるで、そんなことないでしょと言いたげに、胸の奥底がわずかに熱くなるけれど。

それはきっと、ただの錯覚。

だいたい、いまの私には放課後に部活してる時間なんてないんだから。

「やっぱ部活は無理だよ。いろいろ、やることできちゃったから」

「え、そうだったの？　バイトでも始めたの？」

　やや前のめりになる陽子。そういえば、彼女にはまだ話していなかったっけ。

「……別に、忘れていたわけじゃないよ？　だって陽子、なんだかんだで部活が忙しそうだったんだもん。言う機会を逃し続けてただけ。

　友達との距離感なんてこんなものでしょ、うん。

「ううん。近くに住んでる叔父さんちに、ごはん作ったりしに通ってるんだよ」

「……へ？　おじさん？　この辺の？　え、それどういう関係？」

　なぜか陽子は目をパチクリさせた。

『親戚《しんせき》の叔父さん』って、そんなに珍しい存在かな？

「女子高生が、近所のおじさんの家にって……まさか……ぱ、パパ活的な？」

「……はぁ？」

　最後を小声で伝えてきた陽子に、私は、自分でもビックリするぐらい冷たいリアクションをとっていた。

「い、いやだって。近所のおじさんちに通ってごはん作ったりって」

「ああ、なるほど。ごめん、ちょっと伝え方間違えてたかもね。おじさんって、親戚の叔父のことだよ。駅と学校の間ぐらいに住んでるの、親戚の叔父さんが」

「な、な～んだ、ビックリした。そっちの『おじさん』かぁ」

文脈的にも普通、そっち以外の『おじさん』はないと思うんだけどなぁ。想像力が斜め上すぎるってば。

とはいえ、説明のしかたが不十分だった私にも原因はあるから、反省反省。

「ああ、でも前に聞いたことあったかも。優しい叔父さんがいるって。中学んとき、話してた気がする」

優しい……うん、確かに優しいのは間違いない。

在宅でお仕事している人なら、絶対、人を家に呼ぶなんて迷惑でしかないはずなのに。

私の「お世話をしに行きたい」ってワガママを快《こころよ》く受け入れてくれて、作ったご飯をおいしいって褒《ほ》めてくれて、私のことも心配してくれる。叔父さんはそういう、優しい人。

まあお掃除が苦手だったり、いつも部屋着でちょっとだらしないところもあるけど。それはむしろ、かわいらしいポイントかもしれない。

「でも、いいなぁ。叔父さんの家に通う姪っ子。前に読んだマンガでも、そういう展開の作品、いっぱいあったよ」

「いや、現実とマンガをごっちゃにさせられても……」

「イケメン叔父さんと主人公がひとつ屋根の下、急に迫ってきて貞操のピ～ンチ！　ってタイミングで、実は叔父さんがからかってただけでした～ってテッパンの流れがあったり～。風邪《かぜ》で弱って寝込んでる叔父さんを介抱しているうちに、大人の無防備な姿にドキッとしちゃった

り、意識朦朧《もうろう》としてて抱きつかれちゃったりって展開があって！　はあ……キュン」

だからごっちゃにするなって言ってるでしょうに……。

自分好みのエサを見つけるとす〜ぐ自分の世界に浸る。陽子の悪いクセだなぁ。

「それはフィクションでしょ？　普通にあり得ないよ、そんなこと」

「ええ〜？　そうかな？　叔父と姪のラブストーリーとか、ちょっと憧《あこが》れるけど」

「いやいや……。知ってる？　叔父と姪って三親等だから、結婚できないんだよ」

叔父さんには、つい結婚とか同棲《どうせい》なんてからかっちゃうけど、私だってそのぐらいの常識は弁《わきま》えている。というより、頭の中から離れないでいる。

叔父と姪は、姉弟や実子よりは遠く、従兄弟《いとこ》より近い三親等。

故《ゆえ》に結婚は、法律で禁じられている、って。

「だからこそじゃ〜ん！　結ばれちゃいけない二人の、禁断の恋……。法や世間が許さないとわかっていても、抑えきれないこの思い！　少女マンガならよくある王道だよ？」

結ばれちゃいけない、禁断の恋。

物語として、そういうものが人気になる理由は理解できる。

普通ならあり得ない・起こり得ない事態に対して、感情と理屈の合間で葛藤《かっとう》する様子を描く。

そして主人公たちがどういう結末を選ぶのか、ハラハラドキドキさせながら見守らせるんだ。

でも、だからこそ——

「現実には、あり得ないよ」

言って、おかずに添えていたオレンジのミニトマトを頬張る。

弾けるような食感と共に、じわりと、なんとも言えないトマト独特の酸味が広がる。

「叔父さんはしっかりしてる人だし、常識ある大人だもん。そんなマンガみたいなことは起こらないって」

「ふ～ん。まあ、それもそうだよね」

ようやく納得してくれた……と、思っていたのに。

「でも、じゃあ絵里花は？　叔父さんのこと、どう思ってるの？　毎日お家《うち》に通ってお世話するほど、仲いいんでしょ？」

「どうって、普通に『いい叔父さんだな』って気持ちだよ？」

まだ続くんだ、この話題……。

答えてる私も私だけどさ。

「仲はいいと思うし、一緒にいて気楽だなぁとか、頼りになるなぁって思うところもあって」

言いながら、私は叔父さんのことを思い浮かべる。

見た目はまあ、めちゃくちゃかっこいいわけじゃない。だらしないところも割りと多い。

けれどすごく落ち着きがあるし、ぶっきらぼうな言葉遣いの裏では、実はすごく優しいことも知っている。

変になんでもかんでも整っているタイプよりは、あれぐらい抜けているほうが、かわいさがあって親しみやすい。実際それが、叔父さんちでの居心地のよさでもあるんだろう。

「あとはやっぱり、大人なんだなぁ……って思うことも多いよね」

私の周りにいる男性の中では、当然だが圧倒的に大人だ。同級生なんて比じゃないぐらい、しっかりしている。

品のない下ネタを連呼してゲラゲラ笑っているところなんて見たことがない。

まあ、私のいないところではわからないけど。

「……あ、そっか……」

思わず、ポツリと漏《も》らす。

そういう観点で言えば——もしかしたら私は、叔父さんの大人なところを、ひとりの男性として『尊敬』はしているのかもしれない。

あくまでも、尊敬だけど。

「どったの？　急にボーッとして」

「ううん、なんでもない。まあそんな感じで、私の叔父さんはよき叔父さんなのです」

そう無理矢理まとめると、今度こそ陽子は「そっか」と満足げに頷《うなず》いた。

「でも、なんかちょっと安心した」

「ん？　なにが？」

「絵里花、最近楽しそうだし。中学の頃と違ってさ」

中学の頃、か。あの頃は、努めて目立たないようにしてたからなぁ。

でもこの学校には、同中の人は陽子以外いない。私の過去を知っているのも陽子だけ。

だから自然体で気楽に生活できているんだろう。

「そだね。結構、楽しんでると思う」

――でもたぶん、それだけじゃないんだろうな。

いまが楽しいのは、他《ほか》にも気を許せて素直に甘えられる人がいるから……。

そう思いながら脳裏に浮かんだ人は、相変わらずちょっとだらしなくて、笑ってしまった。

―第五章― サ行企画

What kind of partner will my niece marry in the future?

いつものようにエリと夕飯を食べていると、ポケットのスマホがブブブと震えた。

仕事の連絡かと思って取り出すが、届いていたのはただのラインだった。

「叔父さん、行儀悪いよ」

「ああ、すまん。緊急の連絡かと思って」

「お仕事の？　こんな時間に？」

「フリーのクリエイターに、勤務時間の概念はほとんどないからな」

もっとも最近はコンプライアンスにうるさくなってきて、対外的な印象もあるから、遅い時間の連絡は避けよう……みたいな会社やフリーランスも一定数はいる。

けど十九時とか二十時台は『遅い時間』にカウントされない傾向にあると思う。それに、よっぽど緊急の場合は深夜にだって連絡は取り合うし。

常時スマホの前で待機する必要こそないが、いつ連絡がきてもいいぐらいの気持ちは常に作っておかないと、フリーランスは務まらない、と勝手に思っている。

「だとしても、ごはん食べてるときぐらいこっちに集中したら？」

エリがちょっとムッとしている。

せっかくエリが作ってくれたごはんを上の空で食べるのは、確かに申し訳ないよな。

「ごめん、ちょっと確認しただけだ。仕事の連絡でもなかったし。返事はあとでする」

応《こた》えながら茄子《なす》の煮浸しに箸《はし》をつける。女子高生が作るにしてはずいぶんと地味目な献立だが、エリの作る煮浸しがこれまたうまいんだ……。

「よろしい。もしかして、お母さん？」

「いや。だいたい、俺《おれ》に連絡する用事もないだろ」

「そんなことないと思うけど。じゃあ、婚活の人？」

「それも違う。ていうか、そんなに気になるのか？」

「うん。叔父さんがどんな人と連絡取って寂《さび》しさを紛らわせているのか、気になるじゃん」

「興味の抱き方が意地悪すぎんだろ。……友達からだよ。明日、飲み会があるんだ」

するとエリは、目をパチクリさせて俺を見た。

「叔父さん……友達いたんだ」

「おいこら、どういう意味だ」

ナチュラルにヒドいことを言ったな。

「だっていままでそんな話、全然聞いたこともなかったし。いる気配もなかったよね？」

「たまたま話題に上らなかっただけだろ。普段からラインで連絡は取り合ってるし、会ってもいるよ」

とはいえ実際に、会うのは二ヶ月ぶりだけど。

向こうもいっぱしの社会人だからな、学生のように短期間で頻繁に、とはいかない。

「へぇ。どんな友達なの?」

「同業者だよ。映像業界で働いてる、裏方の連中だ。専門の頃《ころ》からの付き合いでさ」

「青春を共にした仲間、みたいな?」

「……まあ、そんなところかな」

青春か。確かに学生の頃はその友達らと、青臭いことは一通りやった気がするな。

そんな思い出にふけりながら味噌汁《みそしる》をすする。

不意に、ぼんやりと虚空を眺めているエリの姿が目に留まった。

「……どうした?」

「あ、ううん。なんでもない。ただ……」

エリは、少しだけ困ったように微笑《ほほえ》んだ。

「ちょっとだけ、思い出しちゃった。昔のこと」

昔のこと。それだけで、なんのことだかは察しがついた。

俺たち家族しか知らない、エリの人生に大きな影響を与えた事件。

当時、エリは十歳になったばかり。その年頃の子とは思えないほど憔悴《しょうすい》しきっていたのを、いまでも覚えている。

あんな状態のエリを見るのは、もう二度とごめん。

だから、いたずらに思い出させるつもりだって微塵《みじん》もなかった……けど。

「悪い。エリの得意な界隈《かいわい》じゃなかったよな」

「ううん、そんなことないよ。ありがと、気を使ってくれて」

エリは小さくかぶりを振る。

「あれは別に、裏方の人が悪いわけでもなんでもなかったし。そこは全然、平気だよ。それに、もう五年以上も経《た》つからね。大丈夫」

そう笑顔を作るけど、真意はわからない。俺を気遣って無理をしているだけかもしれない。

やっぱり、迂闊《うかつ》に口に出してしまったよな。俺自身が裏方の仕事をしている分、未《いま》だに塩梅《あんばい》が摑《つか》めなくてエリに申し訳ないと思う。

「だいたい、もし裏方の人たちが理由だったらさ」

いろいろと思いを巡らせていた俺は、エリの言葉に顔を上げた。

エリは、柔らかい笑みを浮かべていた。

「いまこうして、叔父さんと普通に喋《しゃべ》ったりなんかできないでしょ」

「……それもそうか」

なんでだろう。

エリにそう言ってもらえたことが妙に嬉《うれ》しくて、安心した。

＊　＊　＊

そして翌日の土曜日。

友達との飲み会は、予定通りに開かれていた……のだが。

「だーかーらー！　あの水滴のインサートは、主人公の気持ちのメタファーになってんだって！　テッパンの演出なのは、なつきもわかんだろ！」

「隠喩《いんゆ》なのはわかってるって！　主人公を掘り下げるなら逆効果だって言いたいの！　弘孝《ひろたか》はもっと脚本の文脈意識して観てみなよ、違和感に気づくから！」

「いーや、前後の脈絡的にはあれが最適な演出だった。そもそも映像的には、あのカットがあるおかげでテンポよくなってる説すらあるから」

「テンポよくても視聴者が解釈違い起こしてたら意味ないでしょうが！」

瀬戸《せと》弘孝と、佐東《さとう》なつき。目の前で口論しているこのふたりは、昨日、エリにも話していた俺の友達だ。専門学校で出会ったから、もう十年近い付き合いになる。

だから、まあ、こういう状況は見慣れたもんなんだが……。

「なあ。二人とも、もうちょっと和《なご》やかに酒飲まない？」

「結二《ゆうじ》はちょっと黙っとれ！」

「結二はちょっと黙ってて！」

ああそう。じゃあもう帰っていいかな？

俺は迷惑そうに――一部、物珍しそうにこちらへ目を向けているお客さんへ、小さく会釈しつつため息をついた。

この肥満街道まっしぐらな弘孝は、映画監督・映像ディレクターの仕事をしている。

一方の、明るいボブカットが似合うなつきは、脚本家だ。

だから、飲みの席で放送中のドラマの話題に流れた時点で、こうなる予感はしていた。そのタイミングに止めなかった俺も俺なんだけど。

「あのシーンの主人公の表情が、ちゃんと物語ってんだろ！　どれだけの葛藤《かっとう》が――」

「相手を想《おも》っているからこそ、橋の上でヒロインは友達を突き放すしかなくて――」

本人たちは創作談義のつもりなんだろうけど、端から見れば酔ってケンカしてるだけの迷惑な客でしかないから、扱いに困るよほんと。

俺は、側《そば》を通りかかった店員を呼び止めた。

「あー、すみません。ウーロン茶ください。あとお冷やを三つ」

「おっと。んじゃ生ひとつ！」

「レモンサワーくださーい！」

「ええ……まだ飲むの？　これ以上酔ってくだ巻かれたら、たまったもんじゃないんだけど」

俺がなんのためにお冷やを頼んだと思ってんだ、まったく。

「くだなんか巻いてないっての。これは立派は議論だって」

「口論の間違いじゃね？」

「ていうか、結二だって混ざんなよ。ひとりでちびちび飲んでてさ」

「やだよ、口論になんて。なにひとつ有意義じゃない」

「とかなんとか言ってっけどな。今日はこのあとお前んちで二次会だぞ？　オールナイトでヒッチコック祭りだ」

「勘弁してくれ。学生の頃に死ぬほどやっただろ、ヒッチコックと黒澤《くろさわ》祭りは……」

俺はまだ飲みかけだったハイボールのグラスをクイッとあおった。ほぼ水同然に薄まった蒸留酒の香りが、わずかに鼻へ抜ける。

「懐《なつ》かしい～。そうやって映画観ながら、ふたりとも、しょっちゅうケンカしてたよね」

なつきはニヤニヤと意地の悪そうな笑みを浮かべた。

専門学校時代からの付き合いともなると、当時の若気の至りエピソードや黒歴史なんかを逐一覚えている。迂闊なことを言うと、エグい思い出ボムで反撃されることもざらだ。

「何年前の話してんだって。もう二十八だぞ？　さすがに成長してるから。やたらとつっかかって口論するほど、ガキじゃない」

「けど、俺ぁちと寂しいけどな。あの頃は誰《だれ》よりも熱かったじゃん、結二ってさ」

弘孝の言う通り、確かに昔は熱かったかもしれない。

映画監督を目指していた弘孝ともすぐ意気投合して、いろんな作品を一緒に観ては、感想や意見を交換して、ときには口げんかにも発展した。それが楽しかった。

その熱が俺の中で冷めたって意識はないんだけど、なんとなく弘孝に真っ向から突っかかることが減ったのは、彼がいまや国内でも有名な映画監督になったことも理由のひとつだ。

「当時とは立場も実績も違うだろ。化け物みたいなクリエイターが目の前にいたら、さすがに身の程ぐらい弁《わきま》えるって」

弘孝の商業デビューは、映画監督の中でも早咲きの二十四歳のとき。

だが、そんなこと以上にすごいのは、二十六歳のときに日本アカデミー賞最優秀監督賞を受賞したことだ。当時は史上最年少記録を更新して話題をかっさらった。

泣ける作風が得意で、ネットでは『泣きの瀬戸節』とか『涙腺クラッシャー瀬戸』、『ハンカチじゃ足りない男』だなんて呼ばれている。

そんな弘孝を、俺は誰よりもリスペクトしている。だからこそ、彼を相手に有意義な創作談義をするならともかく、そうじゃない形で熱く突っかかるような人間では在りたくない。

「言うて結二だって、編集者として案件いくつも抱えてる凄腕《すごうで》じゃねぇか。卑下《ひげ》しすぎだと思うんだけどなぁ」

「そこは謙虚って言ってくれない？」

軽く笑って返すと、頼んでいた飲み物がテーブルに届いた。

いい具合に話が途切れた。

「そんなことより、今日は企画会議すんだろ？　【サ行企画】の」

「おお、そうだったそうだった」

すると弘孝は、パシッと頬《ほお》を叩《たた》いた。

「しゃーないから、なつき。いったん休戦だ」

酒で力の抜けていた双眸《そうぼう》が、その一喝《いっかつ》で鋭い光を取り戻す。

「はーい。……それで？　次はなに撮るの？」

なつきも同様だ。ワクワクと目を輝かせ、前のめりになる。まるで弘孝の瞳《ひとみ》の変化を感じ取り、スイッチを切り替えたかのように。

「知り合いのインディーズバンドが、ミュージックビデオを作りたいらしい。それを手伝ってやろうかと思ってな」

「MVかぁ。方向性は決まってるの？」

「まだ。でも一応オーダー的には、できれば物語性を持たせたMVに仕上げたいらしい」

「なるほどな。だからなつきを呼んだのか」

「そういうこと。企画的には、超売れっ子脚本家・塩見冬子《しおみふゆこ》の腕の見せ所だろ？」

「なにその煽《おだ》て方。下手だなぁ」

やれやれ、と言わんばかりに脱力して、なつきはレモンサワーを口に含む。

脚本家・塩見冬子。

その存在を、いまの日本にいて知らない人は、ほとんどいないだろう。

彼女が脚本・シリーズ構成を担当するドラマは、常にそのクールの覇権を握る。小粋《こいき》なセリフ回しや、そこからにじみ出てくる等身大の心理に、多くの女性が共感しまくりと評判だ。

最近は、自身が脚本を務めたドラマのノベライズも執筆して小説家デビューを飾り、こっちもしっかり重版を決めている。これからドラマや映画に限らず、幅広いジャンルで活躍していくだろうと注目されている、トップクリエイターだ。

「でも、ただ物語性のあるMVを作って終わり……じゃ物足りなくない？」

なつきの言う通り、曲の世界観に合わせてお話を掘り下げて、あるいは付与して映像に起こしていくって手法は昔からとられている。

プロが撮影したそれを、ユーチューブへアップして終了……だけでは味気ない。

「そうなんだよ。だから、ふたりのアイデアもいろいろ聞きたくてよ」

「結局投げやり？　まあ、構わないけどさ」

嘆息《たんそく》しつつ、なつきは思案してから、

「そうだなぁ……バンドのメンバー総出演のお祭りムービーっぽく仕上げる？」

「おもしろいな！　けど、メンバーは顔出ししたくないらしい」

「ＶＦＸゴリゴリの映像作品に仕上げるか？」

「それも提案したんだけど、可能な限り素人感を出したいんだって」

「素人感？　アマチュアが自由に、全力でがんばって作った感を出したい、ってこと？」

なつきが首をかしげると、「そういうこと」と弘孝は首肯した。

以前素人さんが、アイデアと行動力で有名なゲームをパロったおもしろ動画を作り、ユーチューブでバズったことがあるけど、そういうのを狙《ねら》いたいってことか。

「じゃあ、映像技術とかネタ方向じゃなくて、中身の見せ方だね。……ちなみに、何曲ぐらい使えるの？」

「基本、制限はない。あっちの要望として、七月にリリース予定のミニアルバムから、数曲使ってほしいとは言われてる」

「てことは実質、そのミニアルバムのプロモーションってことだよな？」

「あー。まあ、そういうことになるか」

ミニアルバムのプロモーションも兼ねたＭＶを、物語性を持たせ、可能な限り素人感を出したい、か。わりと条件と要望はハッキリしているな。

その素材の中で、自分なりに、どうするのが最適かを組み立てていき――

「……ああ、そうだな」

スポッとピースのハマったアイデアを、投げかけてみる。

「いっそ、ミニアルバムの収録曲全部を繋《つな》げて、一本のストーリーに仕立てる……とか？」

しばし、俺の発言を咀嚼《そしゃく》する無言の時間があって、

「「それ、いい！」」

弘孝となつきの声が重なった。

「ずっと曲単位の見せ方にこだわってたけど、アルバムそのものをMVに、ってのは盲点だったわ。さすが結二、楽しそうなアイデアだ！」

弘孝にそう言ってもらえて、俺はホッとしていた。【サ行企画】において、アイデアに対する「楽しそう」という評価は、最高の賛辞だからだ。

「いや、そこまで突飛なアイデアでもないと思うけど。ただ、ありがとうとは言っておく」

「謙遜《けんそん》すんなっての。お前のそういう、いろんな素材からいいアイデアをポンと組み立ててくれるところ、こっちはめちゃくちゃ頼りにしてんだから」

なんだかこそばゆいな。

売れっ子の映画監督である弘孝は、俺なんかより全然、高みにいる存在だ。

そんなやつからこうも褒《ほ》められるくすぐったさは、嬉しいのだが未だに慣れない。

「……あー、でも待って？　収録曲って、全部でいくつ？」

「全五曲だな。トータルで十四分と少し。途中にインサート挟んだとして、十五分ぐらいの短

「それは了解。でも、曲って全部ちゃんと繋がるの？　コンセプトアルバムならともかく、雰囲気バラバラだと相当キツくない？」

確かに、アルバム収録曲を全曲流しで一本のＭＶに仕上げるというのは、至難の業だ。

いくら収録曲の世界観やコンセプトが統一されていたとしても、十五分の映像作品として筋を通すには、相応の構成力が必要になってくる。

「確かに、揃《そろ》ってはいないだろうな。だからこそ……なつき、頼んだ！」

「頼み方、雑すぎない⁉」

「ここは俺と結二が奢《おご》るから！」

勝手に巻き込まれたんだが……。

「けど確かに、なつき以上に適任はいないもんな。負担を考えると、奢るだけじゃ安請け合いかもしれないけど」

「別に、お金の問題ってわけじゃないけどさ……」

「なつきがどんな本に仕上げてくるのか、楽しみにしてる」

俺の言葉に唇を尖《とが》らせたなつきは、しばらくして諦《あきら》めたように息を吐いた。

「……いいよ、任せて。脚本、書くよ。曲のデータ、あとで送って」

雑だなんて毒づいておきながら、結局はこうしてやる気を出すあたり、なつきも生粋《きっすい》のクリ

エイターなんだなと思う。

俺は弘孝とこっそり目配せし、同時に小さく微笑んだ。

【サ行企画】の活動方針は、いつもだいたいこんな感じで決まる。

業界の超プロフェッショナルでありトップクリエイターが、雑談の中で出たアイデアを元に、作品に仕上げていく。

実行するかどうかを決める判断基準は、ただひとつ——楽しそうかどうか。

金を稼ごうとか、認知度を高めようとか、承認欲求を満たそうとか、そのあたりは正直どちらでもいい。本職で充分達成できているからこそ、【サ行企画】の主目的には置いていない。

個人や小さな団体が、クリックひとつで世界にクリエイティブを発信できるこの時代。

クリエイターが心から『楽しいこと』を発信しないでどうする？ 俺たちが『楽しい』と思って活動したことは、必ず伝播《でんぱ》する。

そしてそれが、世界の誰かのクリエイティブを刺激し、新たなエンタメが生まれる。

そのための一石になってやろう——数年前、【サ行企画】の話を持ってきた弘孝は、そう熱く語っていた。

一瞬で『楽しそう』と感じた俺はふたつ返事で快諾。ノリに乗った弘孝は、あっと言う間に映像業界の各セクションのトップクリエイターを集めていたんだ。

もっとも、偶然か意図していたのかはわからないが、メンバーはみんな専門学校時代の同期ばかりだったけど。

そんな経緯だから、サークル名だって適当だ。メンバー全員の苗字《みようじ》が、瀬戸、佐東、芝井《しばい》に、今日ここに来ていないメンバーの周防《すおう》、曽根《そね》、桜守《さくらもり》と、たまたま『サ行』だったから。

でも安直な名前だからこそ、きっと俺たちは、この歳《とし》になって改めて、肩肘《かたひじ》張らずに大人だからこその青春を謳歌《おうか》できているんだろう。

などと、改めて感慨にふけっていたら、

「ていうか、これから曲聴かせてやるよ。今日、USBもらってきたばっかなんだ」

「なんだ、スマホに入ってるのかと思った」

「パソコンで聴けるからいいだろ?」

「そのパソコンを持ってきてないの」

なつきが疲れたように答える。

弘孝は自分のペースと勢いで話すところがあるからな。なつきの気持ちはわか――

「んじゃ、結二の家行くか。二次会もやらないとだしな」

「……は?」

突然のことに、俺は間抜けな声を漏《も》らしてしまった。

「さっきの話、マジだったの? 俺、承諾してないんだけど……」

盛大なため息混じりの言葉に、なつきもうんうんと頷《うなず》いてくれた。

「いいじゃん、ここから二駅だろ？　サラッと曲だけ聴いて、宅飲みしながら朝までヒッチコック祭りしたら帰るって」

「全然サラッとすむスケジュールじゃないだろ。百歩譲って、曲を聴くだけなら――」

いいけど、と言いかけて止《や》めた。

ここ最近、俺の部屋にはエリが入り浸っている。

そのため、部屋が常にキレイに片付いてしまっている。下手すると生活感も感じられないほどに。

もちろん客を呼ぶならそのほうがベストなんだが、ことこいつらが相手だと微妙に事情が変わる。昔から、俺の部屋がいかに汚かったかを知っているからだ。

にも拘《かか》わらず、妙に掃除が行き届き片付けられている状態の部屋を見せたらどうなる？

『あれ？　結二にしてはめっちゃ片付いてない？　……もしかして彼女⁉　いつの間にできたの？　うっそ～！　写メ見せなさいよこの～！』

『お前は俺と同じで、独身貴族まっしぐらだと思ってたのによぉ……けっ！　けっ‼』

……だる。

ここは適当に理由でっち上げて、断っておこう。

「悪い。今日はうち、止めてもらえると助かる」

「なんでだよ。別にきったねぇのは知ってるし気にしないぞ」

「俺が気にするようになったんだ。それに、なんだかんだで仕事も残っちゃってるんだ」

「ほら、結二はダメだって。別に私も、急いで確認できなくても大丈夫だから。今日はここで飲んでお開きにしよ?」

なつきの援護射撃もあって、弘孝は不服そうに唸《うな》った。

「わーったよ。んじゃま、MV企画については粛々《しゆくしゆく》と進めるよ。役者も見つけないといけないしな。いろいろ進展あったら連絡する」

「おう、よろしく」

すると弘孝は、一通り話し終えた勢いでジョッキをぐいっと飲み干した。

そして、酔いの回った目をなつきに向け、

「んじゃま……さっきの議論、再開と行こうぜなつき」

「望むところよ」

いや望むなよこの酔っ払いどもが。

ふたりの主張がガミガミと再開していく中、俺は呆《あき》れてため息をつく。

とはいえ、まあ……。

学生時代を思い出すこの空気感は、なんだかんだで嫌いになれなかったりするんだ。

時計を確認すると二十二時を回っていた。住宅街を等間隔に照らす街灯が、少しだけぼんやりと映る。セーブしていたつもりだけど、ほどよく酔いが回っているらしい。

幸い、意識も歩行もしっかりしている。泥酔しているわけじゃない。

ただ、さすがに今日は帰ったらすぐに風呂《ふろ》入って寝るかな……という気にさせられる。とてもじゃないがパソコン仕事をできる状態ではない。

「にしても、気持ちいいな」

昼間は汗ばむ陽気の五月と言えど、頬に触れる夜の空気はひんやりとしていた。

酔った体に当たる夜風が、余分な熱を払っていく感覚。住宅街の中にまで響いてくる遠くの通りの喧噪《けんそう》もまた、心地よさに拍車をかけた。

飲んだあとのこの時間が、地味に好きだった。その日あったことや話したことを反芻《はんすう》しながら、静かな夜道を一歩一歩と踏みしめるこの時間が。

特に、今日みたいにクリエイティブな話をしたあとは格別だ。高揚感で足取りは軽く、明日を迎えるのが楽しみでしかたがない。

思えば、学生の頃もそうだった気がする。ワクワクを携えて夜道を歩くこの感覚は、当時からなにも変わっていない。

ファミレスに集まって、そこで出たくだらないアイデアを元に、自主制作で作品を生み出す。そんなこととの繰り返しだった。

やっていることは、本質的にはいまも昔も一緒だ。だからこそ、こんなにもワクワクしているし、俺がよく知っている『青春』の感覚そのものだった。

ただ、もしあえて違いを挙げるとすれば。

あの頃はまだ俺も、挫折《ざせつ》なんてものを知らない、青いガキだったってことぐらいか。

……なんて、いまさら考えたって詮《せん》ないことだな。俺は自嘲《じちょう》気味に笑って振り払う。

そのときだ。ポケットの中でスマホが震えた。

取り出すと、エリからラインが届いていた。

『大丈夫？　ちゃんと帰れてる？』『道ばたで寝ちゃったら風邪《かぜ》ひくよ！』

「……心配しすぎだっての」

思わず噴き出してしまった。高校一年生の女の子にこんな心配されて、笑わずになんていられない。

俺はすぐに『大丈夫だ』と返した。

すると、送信と同時に既読がつき、立て続けに通話の画面まで表示された。

ビックリした勢いに押される形で、俺は応答をタップする。

「どうした、急に」

『本当に大丈夫かなって思って、電話しちゃった』

えへへ、と笑っているエリの姿が脳裏に浮かぶ。

『ほら、酔ってる人って、だいじょばないのに大丈夫って言うでしょ?』

「お前は酔っ払いのなにを知ってるんだよ」

まあ、あながち否定はできないけども。

「ちゃんと意識はあるし、家まで帰れてるよ。もう、すぐそこだ」

『そっか、よかった。玄関に、買ってきたシジミのお味噌汁かけてあるから。インスタントだけど。酔い覚ましにどうぞ』

「え? 今日、うちに寄ったのか?」

『出かけてた帰りにちょっとだけね。ワンチャン会えたら渡そうと思って。でもちょうど入れ違いみたいだったから、ドアノブにヒョイッとね』

わざわざそんなことのために立ち寄ったのか。

土曜日。女子高生ならもっともっと遊びたい盛りだろうに……。

『あと念のため、二日酔いを抑える胃薬も用意しといたから』

「そんなものまで? なんかもう、至れり尽くせりで姪って言うより……」

『え?』

姪って言うより……なんて言おうとしたんだろう。

どうやらエリの言う通り、全然大丈夫じゃないな。気づいていないだけで、相当酔っているのかもしれない。

「いや、なんでもない。とにかく、ありがとな」

『うん……どういたしまして』

なんであれ、本人がやりたいことだからと行動していて、エリ自身の足かせになっていないのなら、俺からとやかく言うのもおかしな話か。

『……ねえ、叔父さん。本当に大丈夫？』

「ああ。そんなに心配か？　不安にさせるようなこと、したかな？」

『ううん、違うの。ただね』

エリは慌《あわ》てたように否定してから、続ける。

『なんか、元気なさそうだなって』

「元気がない？」

『うん。疲れてるだけかなって思ってたんだけど。なにかあったの？』

エリの言葉にハッとさせられる。

指摘されて初めて、確かにちょっと落ち込んでたのかもと気づく。

原因はたぶん、昔を思い出したことだろう。詮ないことだって考えるのを止めたとは言え、一度思い出してしまった虚無感はすぐに拭《ぬぐ》い去れるものじゃない。

そんな心情を、声を聞いただけで感じ取られるなんてな。よっぽど声のトーンに出ていたってことか？

酔っ払うと自分の思っている以上に、自分を制御できなくなるもんだな、とつくづく思う。

「……飲み会終わりの帰り道ってさ、こうなるんだよ」

『こうなる？　元気なくなるの？』

「どちらかって言ったら、感傷的になる……かな？　センチメンタルってこと」

『ああ、おセンチってやつだよね？』

「語彙《ごい》が昭和すぎるだろ。おセンチなんて言い方、今日日《きょうび》誰もしないぞ」

『うるさいなぁ。別にいいでしょ。叔父さん世代に合わせてあげてるんだよ』

「いや俺、生まれも育ちも平成なんだが……まあ、いっか」

『とにかく叔父さんは、飲み会帰りにおセンチになっちゃって、元気がなかったんだ』

するとエリは、う〜んと短く唸ってから続けた。

『じゃあ、やっぱり電話して正解だったかも』

「なんでだ？」

聞き返すと、エリはほんの少しだけ間を置いてから、言った。

『私と喋って、元気出てきたでしょ？』

エリの言葉には、なんのためらいも、淀《よど》みもなかった。

本心からそう思って口にしているのが伝わってくる。

その自信が、一体どこから出てきているのかはわからない。

ただ確かに、エリと話している間、虚無感はすっかり意識から離れていた。

その紛れもない事実に、俺は思わず笑みをこぼした。

「なに生意気なこと言ってんだか」

『えへへ。そういうお年頃ですから』

悪態を冗談だと理解していっちょ前に受け流すところも、まさに生意気だなと思う。

けど、それは思うだけにしておこう。

エリの生意気さとその心地よさに、俺は多少なりとも癒《い》やされているんだから。

「まあ、ともかく。心配してくれてありがとな」

『ふふん♪　素直でよろしい』

とはいえ。

「やっぱ生意気だわ」

結局思いは抑えきれず、俺は笑ってしまった。

―第六章― 花澤可憐

在宅勤務のフリーランスにとって、曜日なんて概念はないに等しい。

すべて平日と同じだ。朝はいつも通りに起きて、いつも通りのルーティンで支度をすませ、いつも通りの時間にパソコンを立ち上げて仕事を始める。

もちろん、休みの日は意識して取るようにしているが、カレンダー通りではない。それでこそ、フリーランスの正しい在り方だ……と思ってすらいる。

一方で、ごく普通の社会人や学生にとっては違う。土日は立派な休日。基本的には出勤も通学もない。

つまり日曜日の今日は、エリも俺《おれ》んちに来ることはない。通学のついでに寄っているだけなので、わざわざ訪ねる理由がないからだ。平日は俺の家に入り浸っている分、自宅のことを集中的にやっているはず。

もちろん、それは構わないんだが……エリが来ないとなると、頭を悩ませる大きな問題がつきまとうことになる。

「……飯、どうすっかな」

What kind of partner will my niece marry in the future?

時間は十九時半。いつもなら、そろそろエリの手料理が並び始める時間だけど、彼女がいない以上、飯は自分でどうにかするしかない。

しかし、日頃《ひごろ》はなにもしなくても夕食にありつけるもんだから、ちょっとした手間が億劫《おっくう》に感じてしまうな。

……って、いかんいかん。どんだけエリに依存してんだ、俺は。

一応は保護者なのに、俺が保護されてるようなもんじゃないか。

「たまには自分でなにか作るか」

幸い、仕事はだいぶ早く片付いてて時間は余っている。気分転換も兼ねて料理するのもありだろう。これでも一人暮らし歴は長いからな、ちょっとした料理ぐらいは心得がある。

問題は食材の買い出し……いや、その前になにを作るか決めることからだが。

「……やっぱ出前にすっか」

人はかくも意志が弱い生き物である。

適当に注文してすませようと、スマホを取り出したときだった。

通知をオフにしていて気づかなかったが、ずいぶん前にエリからラインが届いていた。

なんだろうと思って開く――

「……げっ」

その文面を見て、素でそんな声を漏《も》らした直後だった。タイミングを合わせたかのように、家のインターホンが鳴った。

最悪だ。最悪のタイミングと展開だ。

もっと早くラインに気づ……いてたところで俺には拒否権ないから、いずれにしろ悪夢だ。

仕事が片付いていたことだけが唯一の救いだな。

諦《あきら》めて、俺はインターホンに出る。

だが、カメラにはなにも映っていない。誰《だれ》もいないマンションの廊下を映しているだけ。

サーっというノイズが鳴り続けている……と。

『わっ！』

突然、誰のかわからない目がカメラいっぱいに映し出された。

いや、誰なのかは声でわかるんだが、本当に片目しか映っていない状態なのだ。

……地味に怖いんだよ、姉貴め。

『なにしてんだよ～、あくしろよ～、開けろっての～』

「それが人に物を頼む態度なのか？」

『お？　それがお姉ちゃんに物を頼む態度なのかな？　んん？』

パチパチと瞬《まばた》きする目だけが、威圧的に言ってくる。マジで怖いんですけど。新手の取り立てかなにかですか？

『もう、お母さん！　そういうの止《や》めなって』

ちょっと離れたところの声をスピーカーが拾う。エリだ。

よかった、かわいい姪っ子だけは俺の味方のようだ。

『叔父さん、ごめんね。ラインに既読つかなかったけど、お母さんがどうしてもって……』

「いや、こっちこそごめん。仕事で気づかなくて。いま開ける」

玄関に向かうと、その足音を聞きつけたのか、ドアノブがガチャガチャと乱暴に動き出した。せっかちすぎんだろ。

慌《あわ》てて解錠すると、こっちから開けるまでもなくドアが開いた。

「お～す、久しぶりじゃん結二《ゆうじ》。相変わらず、ザ・引きこもりって顔してんね」

そう馴《な》れ馴《な》れしく家に入ってきたのは、俺の姉でありエリの母親でもある芝井奈緒《しばいなお》だ。

だいぶプリンの目立つ金に近い茶髪と、長身の俺に負けず劣らずの上背。その組み合わせが発する威圧感は、なかなかの迫力がある。

とはいえ、見た目まで怖いわけじゃない。今年で三十六歳になるとは思えないほどハリ艶《つや》のある整った顔は、身内びいき抜きに美人だと思う。これでノーメイクなんだからすごい。

「マンションの共有部で騒いだり、ドアノブがちゃがちゃは止めろよ。ご近所さんに見られたらどうすんだ。下手すりゃ警察呼ばれるぞ?」

「そんときは満面の営業スマイルで『親族です～どうも弟がお世話になってます～、これせっかくですからお裾《すそ》分けにどうぞ～、そうなんですよ～世話の焼ける弟だもんで様子を見に来たんです～、これからも弟のことよろしくお願いしますね～♪』とかぶっかませば余裕っしょ」

「なにが余裕なのかさっぱりわかんねぇよ」

そして、よくもまあ一息でそんな台詞《せりふ》がついて出るよな。

さすが、スナックでゴリゴリ接客しているだけあるわ。

その様子を見ていたエリも、困ったように笑うだけ。それだけで、姉貴がどれほど我が道を行くタイプなのかが見て取れる。ここにいる誰もが手に負えていないんだから。

脱いだ靴を揃《そろ》えてスリッパに履き替えた姉貴は、俺の断りもなくスタスタとリビングへ向かう。ドアを開けた瞬間、「お～」と声を上げた。

「なにこれ、めっちゃキレイに片づいてんじゃん」

「平日、エリがやってくれるおかげだよ」

「それほどでも……あるかなぁ、えへへ」

「さっすがあたしの娘だ！　偉い偉い！」

エリの肩を乱暴に抱き寄せる。家族としてのスキンシップと言うより、ただの友達にしか見えないな。

「それで？　こんな時間にエリまで連れて、なんの用？」

「悲しいねぇ。弟思いのいい姉ちゃんが様子を見に来てやったのに、そんな冷たく『なんの用？　帰ってくんない？　マジで仕事の邪魔なんだけど』とかさ」

「そこまで言ってないだろ。思ってすらいないから」

まあ、これ以上面倒なやりとりが続くならその限りではないが……。

「たまたまお母さんと買い物してててね。叔父さんお腹《なか》空かせてるかもなぁ、って言ったら『じゃあごはん買って凸《とつ》ろう』ってなって」

姉貴の代わりに、エリが申し訳なさそうに説明する。

大丈夫だ、エリ。お前はなにも悪くないぞ。

「てなわけで～、しーすー買ってきちゃった！　食おうぜ食おうぜ～ぃ」

「これまた高そうな……。いいのかよ、そんな使い方して」

姉貴がガサガサと袋から取り出したのは、三～四人前ぐらいの量が入った大きな寿司だ。

しかもウニ、大トロ、イクラなどなど、そこそこ高いネタもぎっしりのやつだった。

普段はこんな荒い金遣い、しないはずなんだけどな。

「いいのいいの、今日ぐらい。めでたい日には贅沢《ぜいたく》するもんでしょ」

「なにかあったのか？」

「お給料が上がったんだって。接客がよくて常連さんもついたからって」

そういや、姉貴がスナックで働き始めたのは四月から。ひと月半働いて慣れてきたことも影響しているんだろう。

しかもスナックは、なんだかんだで元々の時給も高いほうだ。それがアップするなら、めでたいことなのは間違いないか。

「ほら、結二も早く座んなって。じゃないと、イクラはぜ～んぶあたしが食っちゃうよ」

「言いながらさっそく食ってんじゃねぇか」

満面の笑みでイクラの軍艦巻きを頬張《ほおば》る三十六歳児に、俺はただ呆《あき》れるばかりだった。


そして、一通り寿司を食い終えた頃。

「あ～あ、なんかお茶が飲みたくなってきちゃったな～、結二はお姉ちゃん思いだから、わざわざお願いしなくても出してくれるよね～チラチラ」

「へいへい。いま準備しますよっと」

ぬらりひょんかお前は……と思ったが、姉貴は昔から、俺に対してはこんな対応だ。むしろ、だいぶ軟化したほうだと思う。

まだ俺が小学生の頃は、ことあるごとにじゃれ合いと称して苛《いじ》めてきたからな。

年下は年上に服従するもんなんだと刷り込まれ、いいように利用されてきた日々……。暴力こそなかったけど、そこらのヤンキーの舎弟よりパシリにさせられ続けた。

姉貴が高校卒業して実家を出て行った日は、人生で一番はしゃぎ回ったなぁ。

とはいえ、これでもいまは一応、客人だ。お茶ぐらいこっちで準備するのが道理。

キッチンに向かい、電気ケトルのスイッチを入れる。

そして、いつもエリが使ってる日本茶のティーバッグを湯呑《ゆの》みにセット……しようと思ったが、ティーバッグってどこにしまってあるんだ？

「こっちの棚の中だよ」

「え？　ああ、悪い。ありがとう」

いつの間にかキッチンに来ていたエリに、先を越される。

ティーバッグはシンクの上の棚に収納されていた。むしろ俺としては、そんなところに物を収納できたことを初めて知った。

「お茶、私が準備するよ。叔父さんは座ってて」

「さすがにそれぐらいはやるよ。エリだって、今日は客人なんだから」

「いいからいいから。むしろ、あっちのお客さんを対応してあげなって。構ってあげないと拗《す》ねて余計絡《から》んでくるよ」

エリにぐいっと押し出される。意外に俺と姉貴の関係性をよく観察してるんだなぁ。

俺は渋々ダイニングテーブルへ戻る。

着席しながら姉貴を見ると、わかりやすくニヤニヤしていた。

「あんたの家なのに絵里花《えりか》のほうが詳しいって、どういうことなの」

「どうもこうも。いろいろやってくれるうちに覚えたんだろ」

「まあ、そんぐらい馴染《なじ》んでるってことね」

姉貴はへへっと笑う。

改めて見ると、笑ったときのえくぼの感じがエリとそっくりだった。いや、エリが姉貴に似ているのか。

なんてことを思っていると、さっそくエリがお茶を持ってきてくれた。

「はい。熱いから気をつけてね。私、ちょっと洗い物片付けちゃうから」

「ありがと～。……あちち」

「熱いから気をつけろって言ってたばっかじゃん。ほんとせっかちだよな……」

姉貴はわざわざ指先で湯呑みをつまみ上げ、表層だけをズズッとすする。シュール以外のなにものでもないな。

「……で？　本当はなんの用事だったんだ？」

エリがキッチンで皿の片付けなどをしてくれている間に、俺は姉貴へ問うた。

「別に？　ほんと、たまたま気が向いたから来ただけだよ。強《し》いて言うなら、あたしのかわいいかわいい娘が世話になってる親戚《しんせき》の家を、ちゃんと見ておこうかなって」

「そうかいそうかい。ご覧の有様だよ。エリのおかげで人並みな生活をさせてもらえてる」

「それはなにより。まあこっちとしても助かってるから、それについてはありがとうって言っとくよ」

姉貴はズズッとお茶をすする。

「絵里花もあんたんちでのこと、いつも楽しそうに話してるし」

「それならよかったけど、別に特別なことはなにもしてないぞ?」

エリがうちにやってくる。それを迎え入れて、あとは好きなようにさせているだけだ。

こちらから頼んだわけじゃないけど、家事を率先してやってくれて、夕飯を作ってくれて、それを一緒に食べる。

そのあとは、俺の仕事の状況によりけりだけど、一緒にゲームしたり適当に喋《しゃべ》ったり、勉強しているところを見守ってやったり……それだけだ。

本当に、特別なことはなにもしていない。

ただ預かって、側《そば》にいるだけ。むしろ俺のほうが圧倒的に、エリからのギブが多い。

なのに、こんなふうに感謝されると、こそばゆく感じてしまう。

「いいんだよ、別に。特別なことなんてなにもしなくていい。結二だって、あたしらの親になにか特別なこと、してもらった?」

言われて、俺はぼやっと思い返す。

「確かに、なにもないな」

当たり前に面倒を見てくれて、育ててくれた。見守ってくれていた。味方でいてくれた。

ただ、それだけだ。親子・家族としてなにも『特別なこと』ではない。

少なくとも、一般的な家庭で言えば……だけど。

「でしょ？　だから、いいんだよ。家族なんだから、それでいい」

「家族、か。俺はエリの親父じゃないけどな」

「でももう、父親代わりみたいなもんだよ。少なくとも、本当の父親なんかよりはずっとね」

エリの父親、か。正月に数回会った程度だからな。もう声も思い出せない。そもそも、思い出す気もないいんだが。

姉貴も、自分から口にしたとはいえ、それ以上は元旦那について話すつもりはないんだろう。

遠い場所を見つめるように外した視線が、なんとなくそう感じさせる。

こんな感傷的になっている姉貴を見るのは、久々かもしれない。

「とにかく、感謝してるんだよ、あたしは。あんたがいてくれて、面倒見てくれているおかげで、いま絵里花は笑っていられるんだから」

そして、姉貴はポツリと漏らした。

「もう五年か。長かったような、あっという間だったような……」

感慨深そうに、姉貴は再び虚空を見つめる。

遠い記憶をたぐり寄せているような様子に倣《なら》って、俺も同じように思い返す。

――かつて世間では、ある少女の存在が大きな社会現象になっていた。

花澤可憐《はなざわかれん》。

弱冠《じやつかん》五歳にしてゴールデン帯ドラマのメインキャストに抜擢された子役だ。その歳《とし》で登場人物そのものになりきれる高い演技力をさして、業界関係者や役者界隈《かいわい》で『憑依《ひょうい》型の極み』とまで言わしめた天才だ。

演技力の高さは視聴者の目にも明らかだった。名前の通りの可憐な少女のお芝居に、胸を打たれるファンが続出。瞬《また》く間に『百年にひとりの名子役』として知名度を広げていった。

小さな体のどこにそんなバイタリティーがあるのかと不思議に——ときに心配になるほど、短期間で数多《あまた》の作品に出演する売れっ子となった彼女は、その実績の大半が日本の歴代最年少記録を更新している。

……そう。もう気づいているだろう。

その花澤可憐こそ——芝井絵里花、その人だ。

「いまでもたまに、夢で見るよ。がんばってる絵里花のために、てんやわんやしてた頃のこととかさ」

子役の親というのは、一般人が思っている以上に過酷だ。

普通の親以上に子供優先——いや、子供の仕事優先になるからだ。

ある程度自立の見られる年頃ならともかく、ひとりでは電車移動すらできないような子供を、仕事のたびにあちこち連れていかなくてはならない。仕事を得るためのオーディションにだって付き添うし、本人に代わってスケジュールを管理するのも親の役目だ。

自分の子を芸能界に入れるというのは、そういった覚悟を持つことと同義なのだ。

「あの頃は本当に、毎日が目まぐるしかった。でも絵里花は、やり甲斐《がい》を見つけてがんばっていた。なら全力でサポートしてあげたい。そのためなら、あたしもがんばれた」

俺は、当時のエリや姉貴の状況を言葉でしか知らないけど、相当苦労していたことは察していた。なまじ俺も、のちに業界へ入った人間だからこそ、気づいてしまえた。

けどそれ以上に、姉貴が精一杯エリをサポートしていたんだと言うことも、理解していた。幸せではあったんだろう。間違いなく、少なくとも、そのときは。

――けど五年程前。エリがまだ十歳になってすぐの頃。

エリは、壊れかけてしまった。

原因は様々なものがあったが、結局のところ、『百年にひとりの名子役』の看板を背負い続けるには、エリは幼すぎたのだ。

エリが子役としてピークだった時期は、これからハッキリとした自我を育み、いずれ自立していくための準備が、ようやく始まろうという歳の頃だ。

にも拘《かか》わらず、エリは『役者』として数多の『他人』になることを求められた。

自分で選び数を制限できるならまだしも、目まぐるしい現場や『花澤可憐』を求める世間は、それを許さなかった。

まだ『芝井絵里花』という『自分』すら、どういう存在なのか自覚しきれていないのに、あまりにも多くの『他人』になりきるしかない。

そのプレッシャーに、エリは壊されてしまった。イップスに陥《おちい》ったことで、演技そのものができなくなってしまったんだ。

そうして花澤可憐は、芸能界からひっそりと姿を消した。

「絵里花が塞《ふさ》ぎ込んでいるのを見て、ああ、あたしってすごく無力なんだなって思ったよ。なにかできることはないかって必死に探したけど、結局見つからなくてさ」

ため息を漏らしながら姉貴は言う。でも、俺は姉貴を無力だとは思わない。少なくともエリを思い、行動していた。

そして俺も、してやれることはないかと思い、エリに会ってやったんだ。

「あんとき、絵里花が結二と会ってなに話したのかまでは知らないけど。少なくとも、あの日を境に絵里花は元気を取り戻した。それは間違いない。あたしにできなかったことを、絵里花にしてくれたんだよ、あんたは」

「……その話、聞かされるのは何度目かな？」

「何度も話してるんだから当然だろ？」

「じゃあついでに何度目かの話になるけど。別に俺は、大したことはしてない。立ち直ったのはエリ自身の強さだ。俺は叔父として、エリによくしてやるぐらいしかできない」

言い終えて、俺はずっと放置していたお茶をすする。ほどよい温かさが喉《のど》を通る。

「でもそれは、叔父として当然のことをしているだけなんだ。それ以上でも以下でもない」

叔父と姪。三親等。家族。

その繋《つな》がりの中で、願うことはあまりにも普遍的だ。

エリがこれからも、笑顔でいてくれるのならそれでいい。それがいい。

「……じゃあ、改めて頼んでいいかな。叔父として当然のことを、これからも絵里花にしてやってほしい」

姉貴の言葉に、俺は迷いなく首肯する。

「俺だって、あんなに塞ぎ込んでたエリは、二度と見たくないからな」

姉貴は、どこか安心したように笑みを零《こぼ》した。

いつの間に姉貴は、こんな柔和な笑顔を作れるようになったんだろう。

ふと、そんな思いが過《よぎ》った。

―第七章― 正しい在り方

What kind of partner will my niece marry in the future?

弘孝《ひろたか》から突然のラインが届いたのは、とある平日の夕方。

いつものように、リビングのPCデスクに座って仕事しているときだった。

『てなわけでMVの進捗《しんちょく》はそんなとこ』『あとで打ち合わせすんべ』

『了解。構成台本のデータ送っといて』

なんでも、曲を聴いたなつきがインスピレーションを爆発させ、瞬時に台本を完成させたらしい。ひとまず順調に進んでいるようでなによりだ。

とはいえ、俺《おれ》が編集者として本格的に介入するタイミングは、まだもう少し先。それまでは、弘孝のサポート――わかりやすく言えばADのような雑務を担当することになるだろうけど。

『打ち合わせ、いつでもいいよ。候補日ちょうだい』

そう打ち返し、スマホをデスクに置いたときだった。

「ねえ叔父さん。掃除機かけてもいい?」

振り返ると、エリが掃除機を持って、すぐにでも掃除をしたそうにしていた。

掃除機か……。もちろん、部屋の掃除の重要性はよく理解している。

ましてや、こちとら動画編集者だ。商売道具でもあるデスクトップパソコンは精密機械。埃《ほこり》には気を使わないといけない。まめな掃除は不可欠だ。

「最後に掃除機かけたの、一週間以上前でしょ？　ていうかこの掃除機、最後に使ってから叔父さん触ってないでしょ」

まめな掃除は不可欠だ……が、まめの定義は人それぞれなのだ。

「ちゃんとキレイにしないと、アレルギーになったりするから健康によくないんだよ？　ただでさえ叔父さん、不摂生気味なんだから……」

「いや、わかってるんだって。掃除機かけないとって意識はあるんだ。ただ……」

「面倒くさいんだよね？　知ってる」

これでも一人暮らしを始めたばかりの頃《ころ》は、キレイさを保とうと思い、掃除機かけるのを習慣化させるためがんばっていた。

だが①掃除機を取り出す、②コードをあちこちのコンセントに差し替えながら家中を掃除する、③溜《た》まったゴミを捨てる、④掃除機をしまう、ついでに⑤定期的に掃除機本体を手入れする……という工程が非常に面倒くさいことに気づいた。

結局、掃除機をかけるという習慣は三ヶ月と持たなかったんだ。

それこそ最後に俺が掃除機を触ったのは、エリが初めてうちに来ることになった日の直前だ。

もうひと月以上経《た》つのか。

俺がどれほど掃除機を使うことに壁を感じているか、おわかり頂けるだろう。

「私だって本当は、音がうるさいから仕事中にはかけないようにしたいんだよ？　叔父さんが普段からかけていれば、こんな時間に使わなくてもすむんだから」

「エリ……めっちゃ気が利《き》く、いい子に育ったな」

「えへへ、でしょ～………じゃなくって」

誤魔化《ごまか》せられなかったか。

「掃除機が面倒なら、お掃除ロボット買えばいいのに」

「無茶《むちゃ》言うなよ。結構高いんだぞ、あれ」

「叔父さんの収入なら余裕でしょ？」

「高い買い物なのは変わらない……って、なんでエリが俺の収入知ってんだ？」

「お母さんに教えてもらった。ふんわりとだけど」

姉貴め……いくら親族とはいえ、フリーランスの収入を迂闊《うかつ》に喋《しゃべ》るんじゃねぇよ。

「とにかく、お掃除ロボットは投資価値がそこまで高くない。たまに、小さな段差に乗り上げて身動き取れなくなるとか聞くしな」

「なにそれ、かわいい」

「オートで掃除するのが仕事なのに、そんなことに手を貸さないといけないなんて、本末転倒だろ？　だからお掃除ロボットは選択肢に入れてないんだ」

「ならなおさら、叔父さんがちゃんと掃除機かけないとじゃん」

正直、ぐうの音も出ない。エリの言う通りだ。

やはりここは大人として、ちゃんと俺自身が定期的に掃除機をかける約束をするべきか。

と思ったのだが。

「……そうだ。それじゃあこうしよう」

掃除機を持ったまま首をかしげるエリに、俺は提案した。

「ちょっと買い物に付き合ってくれ」


そうして俺たちがやってきたのは、駅前にある五階建ての大型スーパーだ。

夕方ということもあり、店内はかなり混雑していた。特に一階の食材売り場は、主婦層でレジが長蛇の列を成していた。

俺はエスカレーター傍《そば》の案内板に向かい、日用雑貨が売っているフロアを探す。

隣のエリは、不思議そうに俺を見上げた。

「なに買う予定なの？」

「掃除が楽々～になる道具。なんだっけ、ほら……」

買う物の目星はついているが、名前が出てこない。

スマホで見せれば早いか……と思ってポケットに手を当てて、気づく。

「あ、スマホ忘れた」

「もう、どんくさいなぁ」

まあ、ほんの少し出かける程度だから、なくても困りはしないんだけど。

「先端のペーパーが使い捨ての、モップみたいなやつあるだろ。すいーってフローリングをキレイにする。あれなら俺も、面倒くさがらないで掃除できると思ってさ」

「クイックルワイパーの名前ぐらいパッと出そうよ」

呆《あき》れたように笑うんじゃない、失礼なヤツめ。

とにかく、目的地はわかったのでエスカレーターに向かう。

エリがてくてくとついてくるので、そのまま先にエスカレーターへ乗るよう促す。

「おおっ。叔父さん、紳士」

「からかってないで、早く乗れって」

「は～い」

エスカレーターを上る間、エリはずっとニコニコしていた。なにがそんなに嬉《うれ》しいんだ？

三階の日用雑貨フロアに到着するが、ここでひとつ、問題が発覚した。

どこになにが売られているのかさっぱりだったのだ。

元から各フロアとも広い造りなのは知っていたけど、久しく来ていなかった分、余計に売り場がわからなくなっていた。

「お掃除の道具なら、確かあっちだったと思う」

「エリ、わかるのか？」

普段、エリが買い物する店は、学校と俺んちの間にある小さめのスーパーだ。

学校からここへ来るには、俺んちを一旦《いったん》通り過ぎないといけないし、普段の買い物には不向きだと思うんだが……。

「たまに学校帰りに来てるし。雑貨系はこっちのほうが揃《そろ》ってるからね」

確かに、近所の小さいスーパーと比べたら、品揃えは段違いだ。

けどだからって、そんな面倒なことまでやってくれているとは。

「あ、叔父さんが気にすることじゃないからね？　このぐらいの行き来は全然、大したことないの。引きこもりで運動不足な叔父さんとは違いますから」

にひひ、と笑ってみせるエリ。

一瞬「なに生意気なことを」とも思ったが、それ以上に嬉しい気持ちが勝った。

「いつもありがとな」

「いえいえ～。それより、掃除道具買うんでしょ？　こっちこっち」

「わかったわかった。服ひっぱんなって」

シャツの裾《すそ》を摑《つか》まれ、俺はエリに連行される。

制服姿の姪っ子にリードされる、アラサーの叔父さんか……。

そう俯瞰《ふかん》すると、なんだか格好つかないなと思って、たまらず苦笑した。


買い物を終えた俺たちは、夕日に照らされている住宅街を並んで歩いていた。

俺が手に持っているエコバッグには、買ったばかりのクイックルワイパーと、それに装着できるウェットタイプのシートが入っていた。

「まさか、このぐらいの買い物のために連れ出されるなんてなぁ」

袋の中に目をやりながら、エリはクスッと笑った。

「家に留守番させるのも、なんだかなって思ってさ」

それに、実際連れてきて正解だった。

俺はウェットタイプのシートを買う際に、素直に専用のものを手に取ろうとしていた。けどよく見ると、そのスーパーのブランドで売り出している類似品があり、しかも値段が三分の一ほど安かったのだ。

「ほんの数百円とは言え、お得な買い物ができたのもエリのおかげだしな」

「まあ私、買い物上手ですから？」

ふふん、とドヤ顔をするエリ。

けどすぐ、顔色を窺《うかが》うように訊《たず》ねてきた。

「言ってくれたら私が買いに行ってあげたのに。お仕事あったんじゃないの？」

「ちょうどキリはよかったから。それに、散歩みたいな息抜きも必要だし」

「そっか……」

エリは、どこかホッとしたように呟《つぶや》いて、前を見る。

まっすぐ続いている道に、俺たちの影が並んでいた。背中に受けている夕日が、アスファルトに細長いシルエットを浮かばせている。

「……そういえば」

その影を見ながら、俺はふと思い出す。

エリのシルエットがわずかに動いた。感じる視線に、俺も目を合わせた。

「こうして一緒に出かけるのも、久々だったよな。最後に出かけたのは、エリが小六の頃か……。あのときは実家の——エリのおばあちゃんち近くの土手を散歩したな」

「うん、そう。……覚えててくれたんだ」

「当たり前だろ。まだ四年前だぞ？　忘れるほどボケちゃいないって」

あの日もいまと同じような、明るい夕焼けに照らされている時間帯だった。

お盆で田舎《いなか》に帰省したタイミングで、田んぼでは青々とした稲が背伸びをしていた。

遠くの林から聞こえてくるひぐらしの声に、一日の終わりの寂《さび》しさを感じながら、ふたり並んで他愛もない話をしていたのを思い出す。

学校でのこと、勉強のこと、姉貴のこと。

そして少しだけ、『花澤可憐《はなざわかれん》』だったときのことも。

あの日も、縦長のシルエットと共に歩いていたんだよな。

ただそれ以降は、こっちの仕事の都合だとかなんだで、エリと会う頻度もグッと減ったんだっけ……。

「でも、あのときといまとで違うことがあります。それはなんでしょう?」

「え?」

突然の問いに驚いて、俺はエリを見た。

「違うこと……場所か? ああ、お互い歳《とし》もとったか」

「違いますー。そういうことじゃなくて。ていうか、歳をとったって言い方やめてよ」

呆れたようにエリは笑う。

ほかに違うこと、か。なんだろう?

本当にわからず、う〜ん……と唸《うな》っていると。

「もう、しょうがないなぁ」

しびれを切らしたように、エリはため息をつく。

目の前の影ふたつが、不意に近づいた。

そして、シルエットは繋《つな》がる。細くつたない、けれど柔らかい温《ぬく》もりによって。

「あのときは、こうして手、繋いでたでしょ？　それが正解」

言われて、ああ、と思い出す。

特に理由もなく。

ただなんとなく。

あの日、俺とエリは、手を繋いで歩いていたっけ。

「叔父さんの手、触るの久々かも」

「握々《にぎにぎ》すんのやめろって、くすぐったい」

「いいじゃん、別に。減るもんじゃないし～」

「だいたい、もう高校生だろ？　叔父さんと手を繋ぎたいとか、子供っぽすぎないか？」

「だって私、まだ子供だも～ん」

握ってきていたエリの手に、少しだけ力がこもる。

笑みを浮かべるエリは、とても楽しそうに見えた。


自宅マンションに到着し、階段を上る。四階建てマンションのためエレベーターはない。

エリは毎日これを最上階まで上っているのかと思うと、頭が上がらないな。

やがて四階に到着し、角を曲がって廊下へ出た瞬間、俺は自分の目を疑った。

「おお〜結二《ゆうじ》！　なにしてたんだよ、何度も電話したんだぞ？」

なぜか俺の部屋の前に、弘孝がいたからだ。

「え？　なにしてんの？」

「いや、ラインしただろ？　いつでもいいなら、ちょうど野暮《やぼ》用でこっち向かってたし、近くの店で軽く話そうぜって」

「……知らん。それ、いつの話？」

「お前が返事よこしてすぐ送ったじゃん。既読もついたし、OKなんだと思ってさ」

まったく読んだ覚えはない……が、既読がついてしまった理由はわかったかもしれない。

弘孝に『候補日ちょうだい』と送ったあと、俺はライン、の、画、面、を、開、い、た、ま、ま、デスクに置いてしまった。ラインは、画面を閉じないと勝手に既読がついてしまうから、それで弘孝は俺が読んだと勘違いしたのか。

「なのに返事ないし、電話しても出ないし、部屋で倒れてんのかと思って見に来たんだ」

そりゃ、出られるわけがない。スマホは家に置きっぱなしだったんだから。

「だとしても、急に家まで来るか普通……。それに、いつでもいいとは言ったが今日これからとは一言も——」

「あれ？　後ろに誰《だれ》かいんの？」

弘孝は人の話を遮《さえぎ》り、俺の背後を気にして体を動かした。

ちょうど俺の陰に隠れていたエリが、ひょこっと顔を出す。

「どうも、こんばんは……」

そして、エリの姿を一目見た弘孝は、幾ばくかのフリーズの後――

「結二が女子高生を侍《はべ》らしてる～⁉」

わかりきっていた絶叫に、俺は頭痛を覚えた。


弘孝との予期せぬバッタリから、一時間後。

遅れて合流したなつきをリビングへ案内してやると。

「……え！　結二、女子高生侍らしてんの⁉」

キッチンでつまみの準備をしてくれているエリに気づくや、そう声を上げた。

「なんでなつきまでまったく同じ反応なんだよ……」

そのフレーズ流行《はや》ってんの？　とでも言いたくなる類似っぷりだな。

「結二の姪っ子だってよ。絵里花《えりか》ちゃん。高校一年生」

「なんでお前が紹介してんだよ」

「初めまして。芝井《しばい》絵里花です。ようこそいらっしゃいました」

「なんでエリは自分ちみたいなノリで言うの？」

ツッコミが忙しいメンツだな、本当に。

「へえ、姪っ子……。どうも佐東《さとう》なつきです。これ、お土産ね。あとでみんなで食べよ」

「わっ、かわいいケーキ。ありがとうございます」

箱を大事そうに受け取ったエリが、なつきの顔を見て笑顔を作った。

「……あっ」

「……？」

不意に声を漏《も》らしたなつき。その反応にエリも首をかしげる。

「どした？」

「ううん、なんでもない。ていうか弘孝、ホント急すぎ」

なつきは話題を変えながら、ダイニングテーブルに着席する。

なんだろう、さっきの間。なんか気になるな。

だが話題の矛先が弘孝に向いたのは好機だ。

「まったくだ。行き当たりばったりで無計画……俺もなつきも仕事だったらどうしてたんだ」

「でも、普通に集まれたじゃん」

「結果的にはな。たまたま大丈夫だっただけ。こっちの都合とか迷惑とか、ダメだったときのこととか、いろいろ考えるだろ普通」

「そんときゃそんときで考えればよくね？」

弘孝はそう、さも当然のように答えた。

「お前らだって、ダメならダメでちゃんと断れるじゃん。でも、後腐れなしで次回に持ち越してくれる。そう信じてるしな」

いい大人のくせにテへっと笑って、弘孝は缶ビールをあおる。

「弘孝の言い分もわかるっちゃわかる。でも、考えなしがすぎると痛い目見るよ〜」

なつきがにま〜っと笑う。彼女は適当に缶チューハイへ手を伸ばすと、流れるようにプルタブを上げた。

「こうなることを見越さないで家に女子高生連れ込んで、私らに見られてヤバ〜ってなってる結二が、いい例よね」

「だから、姪だって言ってるだろ？　家の事情で、平日の夜だけ預かってるんだよ」

「わかったわかったから。ムキになんないの、叔・父・さ・ん」

「その言い方、悪意しかないだろ」

ため息を漏らしながら、俺も缶ハイボールを口に含む。

……だが実際、なつきの言う通りだ。

ちょっと迂闊だったかもな、と反省はしている。

俺も含めてだが、なつきも弘孝も、映像業界にズブズブな人間だ。その手の話題に発展したとき、エリが耳にして気分を悪くしてしまう可能性が、頭から完全に抜けていた。

それに、こいつらも常識があるから突然押しかけてはこないだろう、という油断もだ。

エリは以前『裏方の人たちが原因じゃないから気にならない』と言っていたけど、それがただの強がりだったら？

エリの過去――『花澤可憐』の一件は、確かに特定の誰かや一部の人間たちによる『なにか』が原因ではなかった。

けど言ってしまえば、映像業界の体質や『花澤可憐』を求めた世間が、起爆剤になってエリを苦しめたんだ。

エリがそれをどう考え、どう飲み込んでいるのかまではわからない。だが少なくとも、そこを握る前に弘孝たちを部屋に上げてしまったのは迂闊だったと思う。

ただ、エリもエリで、変に気を使いすぎだと思うんだよな……。

＊　＊　＊

――一時間前。

「え？　なんで？　せっかくなんだから、うちで飲み会すればいいじゃん」

エリはなにひとつ困った様子もなく、あっけらかんと答えた。

ちなみに俺たちはいま、俺の寝室で密談している。

こっそり話せる場所と思って連れ込んだはいいが、これはこれで誤解を生みそうだよなぁ。

「けどあいつ、映画監督だぞ？　瀬戸《せと》弘孝。聞いたことぐらいはあるだろ」

「ああ……うん。聞いたことぐらいは。引退してから全然ドラマも映画も観なくなったから、作品はわからないけどね」

「あと、この流れだともうひとり面倒なのが来る。脚本家の友達だ。ペンネームは塩見冬子《しおみふゆこ》」

「聞いたことはある。有名な人なんだよね？」

「ああ。脚本家デビューはエリの引退後だから接点はないだろうけど、とにかく……業界ズブズブ三人衆が揃うぞ、このままだと」

「あはは、ズブズブ三人衆ってなに」

なにがおもしろいのか、エリはケラケラと笑った。

「話題が業界の話とか、芝居の話とかに絶対発展する。エリだって嫌だろ、そういうの思い出すのは」

「だから、気にしすぎだって。別に話を聞いたぐらいでどうもなんないってば。心配性だなぁ。過保護かっ」

お笑い芸人よろしく、ピシッと手でツッコミを入れてくる。

いやまあ、否定するまでもなく、ただの過保護なんだろうが……。

「私は別に平気だよ？　前も言ったでしょ、裏方の人が原因だったわけじゃないって」

「……飲む場所を店に変えるだけだし、そっちこそ気にしなくていいんだぞ？」

「だーかーら……もう。じゃあ、言い方変えるね」

呆れたようにため息をついてから、エリは続けた。

「私が、ここにいたいの。叔父さんがお友達と飲んでるところを、見てたい。それが理由じゃ、だめ？」

小首をかしげるエリ。でも、かしげたいのは俺のほうだ。

「なんだよ、その理由。そんなの見て、どうするんだよ」

「どうするって言うより、ん～……ただ知りたいだけ、かな？」

下唇に指先を当て、う～んと考える。

「それに、おつまみ作ってあげられるし！　お店で食べるより、たぶん安いしおいしいよ」

確かに、エリの作る料理はうまい。

酒のつまみになるようなレパートリーも、女子高生のくせに充実している。たまに晩酌するときはだいたい、エリが作り置きしてくれたつまみをあてにしているほどだ。

その程度のことで、俺の意志は揺らいでしまった。

どうやら相当、俺はエリに胃袋を摑まされてしまっているらしい。

「……エリがそこまで残りたいって言うなら、わかった。つまみ作ってくれるのも、ぶっちゃけうれしい」

「えへへ、やったぜぃ」

「けど、これだけは伝えとく」

俺が改まった空気を出すと、さすがのエリもそれを察して、背筋を伸ばした。

「俺は確かに、自分で思っている以上に過保護かもしれない。エリの昔のこととか、気にしすぎているのかもしれない。でもそれは――エリのことが大切だからだ」

「……っ」

「そういう意味で言えば、本当は業界の人間を家に近づけないよう、気を張るべきだったんだけど、それはすまん」

「う、うん……むしろ、ありがと」

「だから、もしなにか嫌なこととか、気分悪くなるような話になったら、そんときはエリも気を使うな。いいな？」

「……はい。わかりました」

エリは微笑《ほほえ》みを返してくれた。

ちゃんと言葉を受け止め、飲み込み、体の中で納得したよ、と。

そう言ってくれているような笑顔だった。

「それじゃ、さっそくおつまみの支度だね！　おいしいの作るから、楽しみにしててね」

「ああ」

そう返して、ふたりでリビングに戻る。

すでに弘孝は、缶ビールを一本手に持っている状態だった。

「客をほったらかしてなにしてたんだっつーの」

「大事なお話をしちゃってました～、えへへ」

「なに⁉ 絵里花ちゃん、そこんとこ詳しく――」

「聞かんでいいし言わんでいい」

ビシッとツッコミを入れてやると、弘孝は口を尖《とが》らせるのだった。

＊　＊　＊

そうして宅飲みは始まり、そこそこが経過していた。

「ん～！　このだし巻き卵、おいっし～！」

「だな。このほどよい塩味、酒が進むわ」

食卓に並んだつまみを口にした途端、なつきは頬《ほお》を押さえた。弘孝もそれに同調する。

俺も、酔いが回って上機嫌な級友に倣《なら》って、つまみに口をつける。

うん、確かにうまい。店で食うものより俺好みの味に仕上がっていた。

そうしているうちに、キッチンから出てきたエリが、テーブルに新たなつまみを並べた。

「ありがとうございます。よかったらこれもどうぞ」

「うっわ、おいしそうな揚げ出し豆腐！」

「あとこっちは、茄子《なす》の煮浸しです。叔父さんの好物なんですよ」

エリの料理を前に、なつきと弘孝が「お〜」と声を揃えた。

黄金色の衣に包まれた豆腐は、散らされた青ネギとのコントラストが美しい。マイタケやシメジを使った和風餡《あん》ともしっかり絡《から》まっていた。立ち上る湯気と共に香る出汁《だし》や醤油《しょうゆ》の匂《にお》いに、自然と唾液《だえき》が促されてしまう。

茄子の煮浸しも、型崩れすることなくしっかりと出汁を吸い込んでいるのがわかる。深いむらさきにショウガの黄色が、香りも色味も良いアクセントになっていた。

「やばい、私なんかより全然料理うますぎて、結構ショックかも」

「全部、ネットで調べて作ったのがキッカケですけどね」

「結二はこんなのを、ほぼ毎日家で食えてんのか？　うらやましいヤツめ……」

なんだろう……。あの弘孝から羨望《せんぼう》のまなざしで見つめられるのは、こそばゆいのを通り越して、ちょっと気持ちがいいな。

「ていうか別に、私たちのことなんかほっといてくれていいんだよ？　そりゃ、おいしいしうれしいけど」

「だよな。作ってもらってばかりじゃ申し訳ないし……。いっそ、絵里花ちゃんも俺たちに混ざっちゃうか？」

「いえいえ、私のことはお構いなく。逆に、こういうことしてないと落ち着かないので」

にこりと微笑むエリ。どこか嫋《たお》やかで、落ち着きのある笑顔だった。

へえ……そんなふうに笑うこともあるのか。心なしか、普段俺に向けてくる笑顔とは、質が違う気がした。

そういえば俺、エリが友達やクラスメイトとどんなふうに接しているのかって、実はよく知らないんだよな。エリの口から話ぐらいは聞くけど、実際に見たことはない。わかるのは親族と一緒に過ごしているときぐらいだ。

だからこうして、本当に接点のない他人に接している姿は、どこか新鮮に感じる。

エリも余所行《よそゆ》きの顔とか使うんだな。

「絵里花ちゃん、偉いなぁ……」

ふと、弘孝がしみじみと漏らし——

「まるでお嫁さんみたいだわ」

「ごふっ」

その一言で、俺は飲みかけていたハイボールを吹き出してしまった。

エリもビックリした様子で、目をパチクリさせている。

「お、お嫁さん……ですか？」

「そう。結二の身の回りの世話をしてて、飯も作ってて、客が来たら一歩引いてもてなしてくれる。しっかり者のお嫁さんって感じだろ」

なんだその、昭和の古きよきお嫁さん像、みたいな言い方は。いまは平成飛んで令和だぞ。だいたい俺は、そんな都合のいい嫁扱いなんてしたことない。

いや、そんなことよりもだ。

「あのな、エリは姪だって言ってるだろ？　お嫁さんって喩《たと》えはおかしいだろ」

「確かに、三親等だからね。喩えとしてはちょっとあれだけど……でも私も、言いたいことはちょっとわかるかな」

「なつきまで、なに言ってんだよ」

「絵里花ちゃんがいい子でなんでもしてくれるからって、実は結二のほうが甘えちゃってるんじゃないの？　ってこと」

う……さすが売れっ子脚本家だ。他人の心理・心境を読む観察眼は本物だな。

真っ向から否定したい気持ちはあったが、確かに、エリがあれこれしてくれることを『楽』だと感じている自分もいる。

ただ、それはあくまでも『感じている』だけ。

その継続を願っているわけでも、ましてや――

「甘えているつもりはない。してくれることに感謝はしているし、好きにやらせてあげている。けど、それを甘えとは言わないだろ？」

「……まあ、それもそうだとは思うけど」

若干《じゃっかん》、含みのある様子で頷《うなず》くなつき。納得半分、疑念半分ってところだろう。

なつきを納得させたいなら、いまここでエリを帰らせるぐらいしないとダメなんだろうな。

まあ、なつきひとり納得させるために、そんなことまではしないけど。

「でもさ、いまは結二の良妻ポジでも、いつかはここを巣立つんだよな」

「なんだ、それ。変なことをしみじみと……」

まず、そもそも良妻ポジじゃないし。

それに巣立つって表現もおかしい。エリは俺の娘ではない。一時的に預かっているだけ。巣から数歩離れた枝の上で、一休みしているだけだ。

帰る巣も巣立つ場所も、ここではない。

「大人になって、自分で物事の善し悪しを考えて……いずれは立派に独り立ちする」

「弘孝、少し水飲めよ。酔っ払いすぎて発言が気持ち悪すぎるって」

この話題はだめだ。やめさせよう。エリからしてみれば、単なるセクハラだ。

こんな話をするために、弘孝はうちへ来たわけじゃなかったはずだ。

エリが気を利かせて、水を注《そそ》いだグラスを持ってきてくれた。俺はそれを受け取り、弘孝に渡そうとして――
「そしたらさ……俺のお嫁さんにならない？　な～んて」

「――おいっ！」


ガン、と。

俺は、グラスをテーブルに叩《たた》きつけていた。

その音に自分でも驚き、シンとした空気を感じ取って我に返る。

「お、怒んなよ結二。冗談だって、冗談」

「いや～、いまのは明らかに弘孝が悪いって」

すかさず、なつきが言う。

「女子高生相手に……しかも叔父とはいえ、血の繋がった親族の目の前で『嫁にならない？』とか、冗談でもちょ～っと無神経すぎるんじゃない？」

「……そう、か。そうだよな。すまん結二、絵里花ちゃん」

「いいえ、私は別に、大丈夫ですから」

場を収めようとしているんだろう。エリは、本当に何事もなかったかのように笑顔で対応していた。

問題は……俺のほうだ。

「さすがに飲みすぎかもしれないな。頭冷やすわ。ほんと、悪かった」

水を受け取りながら、弘孝は再度、申し訳なさそうに頭を下げた。

「いや、こっちこそ驚かせた……ごめん」

なつきの言うことは、客観的に見れば至極まっとうな意見だ。それには同意する。

ただ冷静に考えれば、ここまで感情的になる必要はなかったはずだ。程度の問題はあれ、しっかり咎《とが》めて謝らせればいい。許す許さないの判断はエリの領分だ。

だが……抑えられなかった。

訳もなく——いや、訳もわからず俺は感情的になってしまった。

俺も頭を冷やすべきかもしれない。大きく深呼吸した。

「話、落ち着いた？　なら、そろそろ本題に入らない？　このままじゃただの宅飲みで終わるし。そうなったら弘孝、百パー寝るじゃん」

「……はは。それは確かに」

場を和《なご》まそうとしたなつきの茶化《ちゃか》しに、俺も笑って応《こた》えた。

でも、どこか取り繕《つくろ》ったような反応になってしまったのは、言うまでもない。

弘孝の持ってきたMVの話には、いい内容と悪い内容のふたつがあった。

いい内容は、脚本の出来についてだった。

「『長い昏睡《こんすい》状態から目覚め、記憶すらなくしていた女性・楓《かえで》が、眠りにつく前に聴いていたほんの1フレーズの音色を再び耳にし、失っていた記憶と時間を取り戻す』……いいんじゃないか？　ほの暗くて繊細な曲調のアルバムにも合う、いい脚本だと思う」

「当っ然！　塩見冬子さまにかかれば、ざっとこんなもんよね」

そのドヤ顔には腹が立つものの、実際、文句のつけようがない脚本だったからなにも言わない。脚本執筆に関しては、俺は門外漢だしな。

「もちろん、演出も含めまだブラッシュアップはするし、ロケハンもこれからだけどな。まあ、そこは俺ひとりで充分だろ」

「弘孝ひとりで？　カメラはお前が回すとして、照明と音はどうすんだ？」

映像作品を撮る際、プロレベルの規模だと、監督とカメラマン以外にも多くのスタッフが同行する。中でも意外と重要になってくるのが、録音技師と照明スタッフだ。

通常、ロケハンに向かうなら監督や映像ディレクターだけでなく、それらのスタッフも連れて行く。収録現場の風景を生で見たり、環境音を確認したり、日の差し方に日陰の有無を見るなど、各セクションとも撮影プランを考えるには『現場の情報』が不可欠だからだ。

誰かひとりが代表して調べて共有することもあるが、情報の齟齬《そご》を防ぐためならスタッフを連れたほうが確実だ。

「前にも言ったけど、今回はあえて素人っぽさを出す見せ方をしたいからさ。レフ板とか最低限の道具は使って撮るけど、本格的なプランはむしろなくていい。スタッフは絞る予定だ」

なるほど。そういうことなら、ロケハンは弘孝ひとりで充分か……。

「だから、こっちは順調。問題は役者なんだよ」

弘孝はため息交じりに言って、背もたれに身を預けた。

「正直、この本のイメージに合う女性キャストが見つからない」

「設定年齢は二十歳前後。六歳の頃に事故で昏睡状態になったまま、体だけ大人に成長した少女。目覚めたとき、ほぼすべての記憶も失っていた状態……か」

「改めて聞くと、我ながら、なかなかにヘビーな設定よねぇ」

「なんでまた、本業じゃない創作でこんなキャラ作るかな」

「本業じゃないからこそでしょ。趣味が大爆発しちゃった」

年甲斐《としがい》もなくテヘッと笑うなつき。でも、その気持ちはすごくよくわかる。

なにかと制約が発生しがちで、商品としての価値が強く求められる本業の創作活動とは違い、【サ行企画】の創作活動は基本的に自由だ。

クリエイターの趣味趣向が、なんのフィルターもなしに前面に出てきてしまうのは、共感しかない。

とはいえ、だ。

「まあ、しばらくいろいろ当たってはみるけどさぁ。正直、俺が直で声かけられるレベルの人だと、合わないんだよなぁ」

「それは実力的な意味でか？」

「いや、実力は関係ない……とはさすがに言い切らないけど、一番はビジュアルかなぁ。芝居は最悪、現場でアジャストできるし」

「じゃあ、オーディションでもする？」

「それも考えたけど、そんな時間ねぇよな～」

顔面を手で覆い、弘孝はのけぞる。

なつきの提案もありはありだが、期間の問題がある。動画の納品時期から制作期間をざっくり逆算しても、オーディションが現実的じゃないのは明らかだった。

ツテを辿《たど》って手っ取り早く見つけるしかない。まあ、俺にはそんなツテはないんだけど。

幸い登場人物は『楓』とその相手役の男性キャラのみで、キャスティングに難航しているのは『楓』役の演者だけ。しらみつぶしに当たれば、見つかるとは思うんだけど……。

「よかったら、どうぞ。酔い覚ましのお茶です」

停滞していた会議の席に、エリがお茶を出してくれた。

台所でずっと洗い物とか、明日の夕飯の仕込みとか、いろいろやってくれている中でこういう気遣い。弘孝みたいに嫁だとかなんだとか言うつもりはまったくないが、確かによくできた姪っ子だと思う。

「ありがとう、絵里花ちゃん。気持ち切り替えられそうだ」

「それはなによりです。がんばってくださいね」

弘孝に向けて、にこりと微笑みかける。

相変わらず余所行きで、俺には見せないタイプの大人びた笑顔だ。

「……そうだ」

なつきはふと、エリを見たまま言った。

「絵里花ちゃん、イメージぴったりかも」

「……え？」

たちまち、ザワッとしたなにかが、俺の胸中をかき乱した。

「えっと～……。なんのことですか？」

「これから私たちが撮ろうとしてる、ＭＶのヒロインのイメージ。絵里花ちゃんは結構、イメージに合うかもって思ったんだ」

「私が、ですか？」

「そっ。脚本書いた私が合うって思うんだから、間違いない」

それはまるで、澄んだ水に落ちた墨汁のように。

徐々に徐々に胸の奥で広がり、そして塗りつぶしていく。

「なつき……」

これ以上、話を進めさせてはだめだ。

そんな警鐘が、頭の中でガンガン響いていた。

「ねえ、絵里花ちゃんさ――」

「なつき、待て。やめろ」

――エリを巻き込むな。

そう、言い出すよりも先に。

「出演してみない、MV？」

……なつきの投げた言葉を、エリは、どんな気持ちで受け止めたんだろう。

焦燥感で枯れていく喉《のど》を生唾《なまつば》で誤魔化しながら、エリのほうを見る。

エリの視線は、どこか定まらない様子で揺らいでいた。

焦《あせ》りか戸惑いか、理由はわからないけど。正常ではないことは確かな気がした。

この五年ずっと避けてきた『芝居の世界』への、意図していなかった干渉。一番濃度の薄い『側』の部分とは言え、しかし、エリは触れてしまった。触れさせてしまった。

やっぱりこの飲み会、エリの意見を押しのけてでも場所を移すべきだった。

そう、反省と後悔が一気に胸中を支配し、

「エリには、無理だよ」

エリが答えるよりも先に、俺は手を打っていた。

「こう見えて、結構なあがり症だからさ。カメラの前で芝居なんて……無理だと思う」

「ふーん……そっかぁ。イメージに合うと思ったんだけどねぇ」

「難しいキャラなんだろ？　いくら芝居は現場で指導できるって言っても、未経験者にはキツい役柄だろ」

「それは俺も同意見だな。いきなり演技経験のない女子高生にお願いするのもな。ごめんね、絵里花ちゃん。いまの話、気にしないで」

「い、いえ。そんなこと、全然。ちょっと、ビックリはしちゃいましたけど」

エリはそう笑顔を見せる。でも俺には、仮面のような笑顔に見えてしまった。

「あっ。この辺のお皿、下げちゃいますね」

使っていない皿を飲食店店員の如《ごと》く集めると、エリはそのままキッチンへと下がる。

その様子を目で追いながら、俺は、未《いま》だに胸がざわついていることを自覚するのだった。


その後MVの話は、キャスト捜しを継続しながらカット割りの完成を目指し、六月頭に撮影する方向で落ち着いた。本格的に梅雨《つゆ》入りする前に撮ってしまいたいからだ。

割り振りとしては、弘孝がカット割り作成とロケハン、なつきがキャスティングと衣装の準備。映像素材がない限り手持ち無沙汰《ぶさた》な俺は、香盤表《こうばんひょう》を作ったり撮影の許可取りしたり、必要な機材の手配といったＡＤ的な雑務を受け持つことになった。

そうして打ち合わせも一段落して、「飲み直すか」と弘孝が音頭を取ったのを皮切りに、再び酒を飲み始めたのだが。

案の定、弘孝は一時間としないうちに、巨大ないびきをかき始めた。

「大丈夫かよ……。いかにも『体に異常あります』みたいないびきだぞ？」

「ただの肥満でしょ？　前にも増して太くなったからね」

なつきは呆れたように缶チューハイをあおる。

「本当なら、ちゃんと睡眠外来とかで診たほうがいいんだろうけど。これからいっそがしくなるからねぇ」

「来年の春だっけか、新作の映画」

まだタイトルなどは未定だが、世間では『瀬戸弘孝待望の新作映画を制作中！』として、密《ひそ》かなニュースになっていた。

恐らく、時期的には脚本を詰めているところだろう。来春公開だとして逆算すれば、クランクインは九月前後ぐらいか……。

「前評判でかいし、売れっ子はプレッシャーだろうねぇ」

「他人事《ひとごと》みたいに言ってるけど、なつきだって十分売れっ子だろ」

「あはは、確かに。だからこそ気持ちはわかるし……こういう、仕事と関係ない創作を楽しみたいって気持ちは、理解してやりたいよね」

「……そうだな」

忙しい合間を縫ってでも、こうして金にこだわらない自由な創作をしたいのは、ひとえに羽を伸ばしたいからだ。

それは弘孝だけじゃなく、なつきもそうだし——きっと、俺もそうだ。

仕事と趣味の創作をきっちり分けて、バランスを取りながら両方を上手に回し、総じた意味での『創作』を日々楽しみたい。

【サ行企画】のメンバーはだいたい、みんなそういう気持ちで集まっている。

「いい作品にしたいよな、今回のMVも」

「ねっ」

なつきはにししっと笑う。学生の頃の面影《おもかげ》を残す、ちょっとやんちゃな笑顔に懐《なつ》かしさを感じて、俺も微笑んだ。

「ねえ、叔父さん」

ふいにエリに声をかけられ、振り返る。

彼女はエプロンを脱いだ制服姿で、登下校時に背負っているリュックを手に持っていた。

「今日はそろそろ帰ろうかなって」

「もうそんな時間……あれ？」

驚いてスマホを見る。だが、まだ二十時半を回ったばかりだった。

弘孝が即行で潰《つぶ》れているから、余計に時間感覚がおかしくなってたらしい。

「いつもよりずいぶん早いんだな」

「うん。明日のごはんの仕込みも片付けも、だいたい終わっちゃったし」

確かに、テーブルの上は空き缶とチェイサー代わりのお茶、お菓子の入った袋だけ。

食器などはすでにエリが片付けてくれていた。

「それに、せっかくみなさんいるんだし、水入らずのほうがいいでしょ？」

そう、エリは言った。

なぜだろう。その言葉がすごく、寂しく聞こえてしまった。

「気にする必要ないだろ。むしろ、飯も作ってくれて助かってたし」

「ありがと。でも、やっぱり気を使っちゃうだろうし」

言葉そのものは柔らかい。けれど、明らかに突き放しているかのようなニュアンス。

寝室で確認し合ったときとは、明らかに様子が違う。

やっぱり、ＭＶ出演に誘われたことで、嫌なことを思い出させてしまったんだろう。

これ以上この場にいさせるのは、確かに、エリのためにはならなそうだ。

「……わかった。送っていくよ。なつきはここで待っててくれ」

するると、エリは目を丸くした。

「いやいや……さすがにお客さんをほったらかしちゃダメだって。私は大丈夫だから気にしないで。この時間なら一人でも平気だよ」

エリは危機感が薄いきらいがある。日頃も駅まで送ってあげているんだが、最初の頃は「大丈夫」『子供扱いしないでよ」と呆れつつ断られていたほどだ。

俺は念を押す。

「早い遅いは関係ない。女子高生ひとりの夜道は、常に危ないもんなんだ」

「心配しすぎだってば……もう」

エリは口を尖らせる。子供扱いされていることが不服なんだろう。

でも事実、エリはまだ子供だ。女子高生だ。叔父として心配する気持ちは譲れない。

押し問答になるだろう……と覚悟した、そのときだった。

「んじゃあ、私が送っていくよ」

意外なところから手が挙がった。

なつきは、こっちのリアクションも待たずに立ち上がると、せっせと帰り支度を始める。

「どうせこの肉だるまも寝落ちしちゃったしさ、今日はお開きでいいんじゃない？　話すことは話し終わったでしょ」

「いえ、さすがにそれは！　私のことは、ホント、お構いなく……」

「そういう遠慮はしないの。女子高生、甘えられるうちにたくさん甘えときなさいって」

ケラケラと笑うなつきの準備は素早かった。さりげなく、自分が飲み干した缶を捨てやすいように、一箇所にまとめる気遣いまで発揮した。

「てなわけで、いいかな結二？」

「あ、ああ……」

と、有無を言わせない空気感に押されそうになって、

「いや、なら俺も行くよ」

慌《あわ》てて提案する。

なつきはさっき、ナチュラルにエリのことをＭＶ出演に誘った。諦《あきら》め切れてなかったなつきが、俺のいないところで再びエリを執拗《しつよう》に誘う可能性も考えられた。

「あのね……そしたら、誰が弘孝の面倒見んの」

呆れたように顎先《あごさき》で、酔い潰れている弘孝を指すなつき。

確かに、こいつをどうするかは避けられない問題だ。まあ、起こしてタクシーに突っ込めばすむんだが、弘孝を残してこの部屋から全員出払うのもおかしな話。

そして、この部屋の主は、俺。

「だいじょ～ぶ。別に絵里花ちゃんに変なことしたり教え込んだりしないから。安心してよ。

心配性な叔・父・さ・ま」

くっそ。小馬鹿《こばか》にしたように……。

でも、他《ほか》に選択肢もなさそうなのは事実。

「……わかった。なつきに任せていいか？」

「オッケー」

「エリも、それでいいか？」

「いいもなにも、そういうことになっちゃった後じゃん」

苦笑しながら、エリは肩をすくめた。

そして、ふたりを玄関先まで見送りに行ったとき。

「……そうだ、エリに少し話があるんだ。なつきは先に外で待っててくれないか？」

「ほーい」

素直に聞き入れたなつきが外に出たのを確認して、俺は改めてエリと向き直った。

「どうしたの？　私が帰っちゃうの、そんなに寂しい？」

エリはわざとらしい上目遣《うわめづか》いで、意地が悪そうに微笑んだ。十五歳にしては大人びた面持《おもも》ち
でそれを見させられると、なまめかしさすら感じた。

そして、そんなことを感じてしまった自分にも、わずかながら嫌悪感を覚えた。

「そういうんじゃないって。ただ……」

どう言葉を紡《つむ》げばいいのか、瞬時に浮かばなかった。

というより、きちんと用意していなかったことに気づいて、焦る。

「大丈夫かなって思って。ＭＶに誘われたこと」

結局、取り繕ってしまうと伝わらないと思い、言葉は裸のまま吐き出していた。

「過保護だなぁ、本当に。あれぐらいでどうともならないってば」

ああ、そうだ。単なる過保護だ。

エリがあのやりとりや言葉を、どのように受け止めたのかはわからない。

わからないからこそ、どう接するのが正解なのか見通しも立たない。

なら過保護だと言われても、エリを気遣うしかないんだ。

「まあ、思うところがまったくなかったわけじゃないけどさ？　でも、本当にそれだけだよ。叔父さんが心配しているようなことはなにもない。体調だって、むしろいいぐらいだし」

エリは、「だからね」と続けた。

「気にしないでいいから。ていうか叔父さんは、もう少し私の言うこと、信用してくれてもいいと思うんだけどな」

信用という言葉が出て、俺は驚いてしまった。

「信用してない、ってことになるのか？」

「少なくとも、私が平気って言ってるのに『平気じゃないだろ？』って言うのは、信用してないうちに入るんじゃない？」

「……そう、か。確かに。ごめん、そんなつもりはなかった」

「知ってる。心配してくれているのは伝わってるよ。充分すぎるぐらいに」

そう言って、エリはくすくすと笑った。

その笑顔が、俺の中に安堵感《あんどかん》を広げていく。

「それじゃ、また明日ね。夜更《よふ》かしはダメだよ？」

「ああ……って、エリも俺のこと、あんま信用してないだろ」

「あはは、かもね」

ドアノブにかけていた手がひねられる。

入り込んだ空気が、エリの細くしなやかな髪を撫《な》でた。

風にさらわれて漂うのは、エリが使っている、シャンプーかなにかの仄《ほの》かな香り。

「ったく……気をつけてな。おやすみ」

「うん、おやすみなさい」

バタン、とドアが閉じる。

過保護、信用、心配……。物言わぬドアの前で、そんな単語がグルグルと脳裏を巡る。

俺は――いまの俺の在り方は、叔父として正しいのだろうか？

急に、わからなくなってしまった。

―第八章― 距離感

What kind of partner will my niece marry in the future?

街灯に照らされた児童公園の横を通り過ぎる。ふと園内の時計に視線を投げた。針は八時四十分頃《ごろ》を指していた。

「今日は本当にありがとね、おつまみ。どれもすごくおいしかったよ〜」

並んで歩きながら、佐東《さとう》さんは明るい声で言った。

「あれはぜひ、作り方を絵里花《えりか》ちゃんに習いたいね」

「ありがとうございます。でも、オリジナルじゃないんで、ググれば出てきますよ」

「え、そうなの？　あとで調べてみよー。んじゃあ、やっぱ、あの味は熟練した腕のなせる技だね。最近、とみに自炊しなくなっちゃったから、私は鈍ってるだろうな〜」

ため息をつきながら、佐東さんは片方の肩をグルッと回した。

「脚本家さん……ですよね？　お仕事、忙しいんですか？」

「まあねぇ。一応、売れっ子なもんで。毎日机の前でパソコンに向かってカタカタカタカタ……」

指先でタイピングのまねごとをする佐東さんを見て、仕事風景が容易に想像できてしまい、小さく笑った。

「絵里花ちゃんは、普段、放課後はいつも結二《ゆうじ》んところに?」

「はい。特に予定も部活もないので」

佐東さんは「ふ〜ん」と小刻みに頷《うなず》くと、

「その代わり、結二に喜んでもらいたくていろいろしてあげてる……的な?」

喜んでほしい……のは間違いない。

でも、それが主目的かって言われると、違う気がした。

「単に『叔父さんちに行くのが楽しい』ってほうが大きいと思います」

「そっか、なるほどね。シンプルだ」

料理をするのも、家事をするのも好きだ。明確な結果と達成感が得られるから。

その結果、叔父さんが喜んでくれるなら、なお嬉《うれ》しい。このふたつは、どちらが主目的かどうかではなく、両方込みで私が通っている理由なんだと思った。

「でも、それほど仲のいい叔父と姪って、ちょっと珍しいかもね」

「そうですか?」

佐東さんが零《こぼ》した言葉に、私は小首をかしげた。

「少なくとも、私の周りじゃいないからね。だから余計に、そう思うだけかもしれないけど」

そういうものなのか、と感じた。私にとっては、叔父さんとの距離感はこれが基準だから、『普通』がよくわからないでいる。

「だからさ、結構驚いたのよ。結二がグラスをガン！　て叩《たた》きつけたやつ」

「あ～……あれは、はい。私もビックリしました」

「やっぱり？　仲がいいからとか、親族だから、が理由なんだろうけど。珍しいなって」

確かに、あんなに感情を露《あら》わにした叔父さんは、見たことがない。あんなふうに怒ることもあるんだ、と思った。

叔父さんは昔から私に優しくて、甘えさせてくれて、けどときにはちゃんと、厳しく接してくれる人だった。まあ最近は、心配性がすぎる気もするけど。

だから、怒る姿は想像できなかった。ましてや、あんな瞬間的にメーターを振り切ったような怒り方なんて、する人だとは思わなかった。

……でも不思議と、不快感はなかった。

驚きはした。でも、私を想《おも》って怒ってくれたんだ……ってことは理解しているからだろう。

だから、どちらかと言えば――

「嬉しかった？」

驚いて、私は佐東さんに視線をやった。目と目が合う。

私の胸の奥にある一番過敏な核を、ただ静かに見つめてくるような……そんな、無機質な眼光に感じた。

「……そうですね。嬉しくは、ありました」

そこはかとなく観察されているような気がして、躊躇《ためら》いながら頷く。

でも、隠すつもりもない事実ではあった。

叔父さんが私のことを、本当に心配して守ろうとしてくれた証だと思ったから。

「そっかそっか～。あいつも、そういう親みたいな歳《とし》になったってわけね」

そう、ケラケラと笑った。

佐東さんは不思議な人だ。飄々《ひょうひょう》としていて気《き》っ風《ぷ》がいいように思える。けどどこか、自分に幾重《いくえ》ものフィルターをかけて、誤魔化《ごまか》しているようにも感じる。

でも悪い人ではないんだろう。それは間違いない。

きっとこのフラットなスタンスが、佐東さんを売れっ子脚本家・塩見冬子《しおみふゆこ》たらしめている理由なんだなと思った。

そうして歩いているうちに、人通りの少なかった住宅街を抜けて大通りに出た。一気にひと気が増える。

なんともなしに道行く人たちを観察する。私たちとは逆方向へ歩く人たちは心なしか、いつもより若い人たちが多いように感じた。

まあ、女子高生の私が『若い』って言うのもどうなんだって話だし、若く見えてるだけかもしれないけど。

ただ、普段の夜九時過ぎに見ていた光景と比べると、時間が遅いときのほうがくたびれている人たちが多かったように思ったのだ。

「なに見てるの?」

「え? あ、いや……」

ふいに佐東さんから声をかけられて、しどろもどろになってしまった。

人間観察が好き、なんて正直に答えるのもおかしな話だし……。

でも、

「人間観察なら、私も好きだよ」

……まただ。人の胸中を見透かしているように、言葉を的確に置いていく。

この人は、フィルターの内側に、なにを飼っているんだろう……。

「自分以外の誰《だれ》かを観察するのって、いろいろ発見があって楽しいよね。人それぞれ流れている時間は違っていて、見えている世界も違ければ、感じ取っている情報だって違う。それを想像して、紐《ひも》解いて、ストーリーを編み直していく。これは、職業病みたいなものだね」

「……なんとなく、わかる気がします」

にしし、と笑う佐東さんの言葉通りだった。

職業病……そして私の場合は、幼い頃からの癖《くせ》でもあった。

お母さんが私の癖に気づいたのは、お婆《ばあ》ちゃん——母方のお婆ちゃんの仕草《しぐさ》や言葉遣いを、私が完全にマネしきっているのを見たとき……そう聞いたことがある。

物心ついたばかりだったろう三～四歳ぐらいなのに、洗濯物を畳む一挙手一投足や、お婆ちゃん自身も気づいていない癖や訛《なま》りすら、再現しきっていたらしい。

しかも、その場にお婆ちゃんがいないときにだ。

お婆ちゃんちは茨城県でも北寄りの田舎《いなか》にあって、都内で生まれ育った私は、半年に一回遊びに行くぐらいだった。にも拘《かか》わらず再現できている観察眼や再現力――演じられる能力に、お母さんはなにかの可能性を感じ取ったんだろう。

私はすぐ児童劇団へ入団することになった。もちろん、私自身も同意の上で。

そして、演劇の世界に飛び込んで演じる楽しさに気づいた私は、自分で言うのもなんだけどあっという間に才能を開花させて、五歳でテレビドラマの主演を飾った。

当時の芸名は『花澤可憐《はなざわかれん》』。名付けてくれたのはお母さんだ。

すごく好きな名前だった。つけてくれたことには今でも感謝しているし、ずっと大事にしたいと思っていた。

でも、もう名乗ることはない。

私は自ら、その名前を心の奥底へ封印したんだから。

当時、私はとにかく『花澤可憐』であることを求められた。まるで捻《ひね》れば当たり前に飲める水のように、世間のお茶の間を潤す存在として。

けど私の本質は、『芝井《しばい》絵里花』だ。お母さんが最初に付けてくれた、大切な名前。

そのふたつの名前を、心のスイッチひとつで切り替えながら日々を過ごした。

六〜七歳ながらに楽しく、必死に。

でもそれは、重圧だった。

キャラクター資料や脚本を読むだけで人となりを理解し、現実にトレースすることができた私のお芝居は、俗に【憑依型《ひょうい》】と呼ばれていた。これまで人をつぶさに観察し、再現する癖を遊びのように続けてきたからこその、私の強みでもあった。

その強みを活かし、何人もの『他人』を【憑依】させることでお芝居を成立させていた。

自分の体に、どれほどの人格が宿っているのか、わからなくなるほどに。

――だからこそ。

私は簡単に『自分自身』を見失ってしまったんだ。

憑依しているキャラクターが私？　花澤可憐が私？　芝井絵里花が私？

それとも――そのどれもが、ただ演じているだけ？

なら、私って誰？

……その感覚があまりにも怖くなって、私は、誰も【憑依】させられなくなった。

花澤可憐へスイッチを切り替えることすら、恐怖するようになった。

そうして花澤可憐は、お茶の間からひっそりと姿を消した。

私自身も、『花澤可憐』の名前を封印することに決め。

お芝居とは無縁の生活を営もうと思った。

……思っていたのに。

「ＭＶの話さ」

佐東さんの声が耳朶《じだ》を打って、私は顔を上げた。

気づけば私たちは、駅の改札前に到着していた。

「急に意味わかんないお願いして、ごめんね」

「あ、いえ。気にしないでください」

佐東さんは、本当に申し訳なさそうな顔をしていた。慌《あわ》てて両手を振りながら答える。

「でも、絵里花ちゃんの雰囲気がイメージにピッタリだったって言うのは本心だよ。冗談とか、からかい半分とかじゃないから」

「ありがとうございます。そんなふうに言ってもらえるのは、光栄です」

柔和な笑みを作る。わざとらしくないかな、と少しだけ不安になった。

たったいま、わずかに脈動した胸の奥を悟られないようにと、取り繕《つくろ》った笑顔だから。

「それじゃあ、私は二番線だから」

「私は一番線なので、ここで。送ってくださってありがとうございました」

「こっちこそ、今日はありがと。気をつけてね～」

ぺこりと会釈した私に、佐東さんは手をヒラヒラと振って、ホームへ続く階段を上っていく。

私も振り返り、一番線のホームへと向かった。

「……MVのお芝居、か」

ポツリと溢《あふ》れた言葉は、電車を待つホームの宙に消えていく。

最初に佐東さんから誘われたときもそうだったし、ついさっきもそうだった。

MVの話を振られたとき、私は確かに、心の奥底で脈打つものを感じていた。

それはきっと、私の中でずっと蓋《ふた》をし、目を背けてきた感情なのかもしれない。

――私は、『花澤可憐』を捨てていたわけじゃなかった。

また、お芝居がしてみたい。自分以外の誰かの人生を、全身で表現してみたい。

この数年、私は気づかなかっただけで、その欲求はずっと燻《くすぶ》っていたんだろう。

長く続けたいなにかについて陽子《ようこ》と話したときも、わずかに胸の奥が熱くなったけど、あれはやっぱり錯覚なんかじゃなかったんだ。

でも――

「……いまさらだなぁ」

滑り込んできた電車に、独りごちた声はかき消された。開くドア。私は足を踏み入れる。

そう、いまさらになってだ。

なぜ一度は封印した『花澤可憐』を、いまさら発掘しようと思ったんだろう。

時間が経《た》って、気持ちに折り合いがついたから？

成長したいま、以前よりうまく立ち回れると思ったから？

それとも、もっと別の潜在的な理由に、気づいていないだけ？

わからない。自分でも、なんでまたお芝居に可能性を感じたのか、よくわかっていない。

ただ佐東さんに誘われたとき、私は明確に、自分がお芝居しているところを想像できた。

それは、もう一度お芝居に挑戦してみるのもいいかもしれない、と思うのに充分な理由だったんだろう。

「でも……できるのかな」

燻っている気持ちの裏で、やはり未《いま》だに足かせになっている感情がある。

また自分を見失うんじゃないかっていう恐怖心だ。

スポーツ選手なんかが、怪我《けが》を機にその運動自体に恐怖心を覚え、全盛期の頃みたいに振舞えなくなる心的な障害がある。

私のいまの状態も、それに近いんだと思う。

また演じてみたい。でも怖い。お芝居はいまの私にとって、すごく勇気のいることだ。

私ひとりの意志で立ち向かえるかは、わからない。

もう少し、なんらかのキッカケがあれば……。

そう、例えば。

叔父さんが、背中を押してくれたなら――

「甘えてるなぁ、ほんとに」

自嘲《じちょう》気味に笑った顔が、車窓に映り込む。

でも、しかたないんだ。かつて私に勇気を与え、踏み出すキッカケをくれたのは、他《ほか》でもない叔父さんだった。叔父さんはそういう人なんだもん。

だから甘えてしまうのは、しかたのないこと。

……本当に？　それだけが本心？

車窓の向こうでは、ぽつぽつと灯《とも》る街明かりが流れていた。

それを眺めながら、私は頭の中で自問する。

答えなんて出せるはずがないと、わかってはいたけれど。

＊　＊　＊

『絵里花ちゃん、いい子だね』

ラインになつきからの着信があったのは、宅飲みをお開きにした二時間後のことだった。

ちょうど俺《おれ》が、肉だるまもとい弘孝《ひろたか》をマンションの真ん前でタクシーに突っ込み、テールランプを見送って部屋に戻った頃、鳴っていることに気づいたのだ。

無事に駅まで送り届けたという報告をしてくれたあと、なつきはそう言って続けた。

『高一であそこまで礼儀正しくて気の利《き》く子、そうそういないよ？』

「そうだな。ほんと、そう思うよ」

なつきの言う通りだ。あんな気立てのいい子が、親戚《しんせき》とはいえ俺みたいなおっさんの家に毎日通ってよくしてくれるなんて、未だに信じられない。

『結二にもすごく懐《なつ》いてるし、信頼してくれてるみたいだし。叔父さん冥利《みょうり》に尽きるね』

「まあ……そうかもな」

ソファに腰掛けながら返す……が、ふと、なつきの言い方に妙な違和感を覚えた。

「で、なにが言いたいんだ？」

『結二、絵里花ちゃんにちょっと入れ込みすぎじゃない？』

その一言は、まさしく矢のようだった。

通話という、邪魔者が介在できない状況だからと、彼女は一切《いっさい》の忖度《そんたく》を捨てて、速く鋭く本音をさらけ出してきた。

『弘孝の言い方に問題があったのは事実だけど、あんたがあそこまで感情的になるなんてね。普段声を荒げたりしない結二にしては、珍しすぎるでしょ』

「…………」

確かに、そうだと思った。

あんなに露骨な怒りを表に出したのは、もう何年も昔だ。

下手すればそれだって、エリにまつわるなにかだったような気さえする。

「家族として――」

ため息も交えながら、俺は口を開く。

「家族として大事だから、ついカッとなっただけだ。入れ込みすぎってほどじゃないよ」

姪を心配する叔父として、当然の感情だと俺は思っている。

それを『入れ込みすぎ』だなんて言うなら、じゃあ俺は、エリとどう接してあげればいい。

心配することは悪なのか？　そうじゃないはずだ。

『大事だから心配。心配だからああなる……うん、その感情と理屈はわかる。私が言いたいのは、それが片一方に行きすぎれば破綻する。お互い苦しいだけだよってこと』

言われて、エリの言葉が脳内に繰り返される。

――過保護だなぁ、本当に。

――叔父さんは、もう少し私の言うこと、信用してくれてもいいと思うんだけどな。

俺はエリに対して、過保護なきらいがある。それは自覚している。

それが知らず知らずのうちに、エリを苦しめてしまっているってことなのか？

『だから、ほどほどにしたほうがいいと思うよ。それがなにより、絵里花ちゃんのため』

「……言われなくても、わかってる」

『わかってないっぽいから言ってやってんのに。まあいいや』

呆《あき》れたように息を漏《も》らしたのが、電話越しにも伝わってきた。

彼女のことは信頼しているし、創作仲間としても好意的に思っている。

けどたまに――ごくたまに、イラつくことがあるとすれば。

こうして、他人の心理を見透かしているかのように振る舞うところだろう。

数多《あまた》の人間を筆と文字で描き上げた自分に、見透かせない人の心なんてない。

そう言いたげな態度は、以前から鼻につくことがあった。

まあだからといって、それを理由になつきを嫌うようなことはないけど。

『でも、正直ビックリしたよ～』

なつきはそう、改まったように言う。

『まさかこんなところで、花澤可憐ちゃんにい、い、い、遭遇するとは、ね』

「…………は？」

あまりにも突然のことすぎて、完全に思考が固まってしまった。

『花澤可憐なんでしょ、絵里花ちゃんって？』

「おま……なんで？」

『あのね、こちとら脚本家なんですけど？　これまで何百本、映画やドラマ見てきたと思ってんの。役者の顔は、見りゃわかるから。まあ、弘孝は映画監督のくせにまーったく気づいてないっぽいけど。そこは性格かもねぇ』

ひょうきんに言ってのけるなつきだが、俺としてはショックのほうが大きい。

絶対バレてはいけない秘密を暴かれたかのようだ。

『可憐ちゃんの出てる作品だって網羅済み。面影《おもかげ》がすこーし残ってるね〜、髪伸ばしてるから一瞬わからなかったけど。バツグンにかわいい子役だったから、あんな美人に成長するのも納得だわ』

だが、合点《がてん》がいった部分もある。

「だからお前、エリをＭＶの出演者にしようと？」

『それ以外にないでしょ』

さも当然のようになつきは言って、

『――絵里花ちゃんの出演は、ありだって私は思う』

胸の奥がカッとなる。口を開けばまた、焼けるような声を上げてしまいそうだ。

それをわかっていたからこそ、出かかった言葉を飲み込んだ。

必死に、静まれと願いながら。

『「楓《かえで》」を生んだ私だからこそ、余計にそう思う。ほとんど台詞《せりふ》なんてないこの難しいキャラを完璧《かんぺき》に演じきれる役者は、そうそういない。でも絵里花ちゃんなら――可憐ちゃんならワンチャンあり得る。……いや』

なつきは、一拍おいてから、

『可憐ちゃんだからこそ、初めて完成するって言ってもいい』

「ダメだ」

背中を強く叩かれたように、声は弾《はじ》け飛んでいた。

怒気こそ孕《はら》んではいないけど、その勢いは電話越しでも、なつきを戸惑わせるのには十分だったようだ。

「お前も脚本家なら、事情ぐらい知ってるだろ。エリがどれだけ芝居することに苦しめられて、壊れかけたか……」

『だから、絵里花ちゃんに芝居をやらせるのは反対……か。なるほど。結二の過保護の原因はそこね』

どこまでも勘の働くやつ。

脚本家やってなかったら、その人心掌握術《しょうあくじゅつ》で詐欺師《さぎし》にでもなってたんじゃないか？

「……本当に辛《つら》そうだったんだよ、エリのやつ。でも、ようやくいまみたいに素直に笑って、誰かに甘えて、学校も楽しいって言えるようになったんだ」

以前、エリは俺に、当時のことを話してくれたことがある。

聞いているだけでとにかく心が抉《えぐ》られ、沸騰するように怒ったのを覚えている。

役を演じるごとに自分を見失い、たくさん悩み苦しまされたことへはもちろんだけど。

たったの――たったの十歳だったんだぞ？

なのにエリは「自分がよくわからない」なんて悩みを、常に抱えさせられていた。

ただただ無邪気に遊びまわり、感情の赴くまま、素直に健やかに成長するべき時期にだ。

「芝居って行為が悪いわけでも、花澤可憐を執拗《しつよう》に求めた業界が悪いわけでもない。それはわかってる。エリだってわかってる。でも芝居がキッカケで、エリは同世代の子の誰よりも辛い目に遭わされた」

芝居に出会って、得るものもあっただろう。それがエリの礎にもなっているだろう。

でも、エリの人生が芝居で狂わされたのも、また事実なんだ。

『だから、叔父として心配なんだね。まあ、その気持ちは共感できるし尊重もするよ』

優しく撫《な》でるようななつきの声に、俺は電話越しにも拘わらず頷いていた。

「それを俺の過保護だって言いたいなら好きに言え。俺はただ、あんな思いは二度と、エリにしてほしくないだけだ」

子供の頃に一度受けた苦しみを、成長してからまた受ける必要なんてない。

わざわざ辛い道を選び、好き好んで苦しみ、挫折《ざせつ》する必要なんかないんだ。

『でもそれってさ。かつての絵里花ちゃんはそうだった、ってだけじゃなくて？　最近、絵里花ちゃん自身が、もうお芝居はしたくないって明言してたの？』

「……それは……」

そんなことは……確かに、なかったと思う。

そもそも、最近は話題そのものを避けていたから。

『もし明言してないなら……それって、単なる結二の思い込みでしかないよね？』

なつきの語気は、徐々に鋭くなっていた。

『絵里花ちゃんのこと、いち業界人としては同情するし理解だってしてあげてるつもり。でも結二の言い分は全部、「結二自身の考え」でしかないって私は思うよ』

なにも言い返せなかった。そんな俺が見えているかのように、なつきは続けた。

『言っとくけどこれは、絵里花ちゃんを起用したいしたくないは抜きの話。あんたのその過保護が、絵里花ちゃんにどんな影響を及ぼすのか、ってだけ。お芝居に限らず、あんたが過剰に心配すればするほど、絵里花ちゃんの可能性は摘み取られてしまう』

なつきの言葉には、得も言われぬ説得力があった。ただただ、心臓の側に突き刺さる。

彼女の言う通り、俺はその気になれば「心配だから」の一言でエリを縛ってしまえる。

そんなことが本意じゃないのは、俺自身がよく知っている。

でなければ、毎日うちに通いたいというエリの頼みを快諾するはずがない。

そう……知っていたはず、だったんだ。

『思い込みで絵里花ちゃんを縛るなら、それは尊重とは真逆の過干渉だよ』

引っぱたくようだったその一言は、しばらく、耳の中に張り付いて離れなかった。

第九章　本心

「叔父さん、お邪魔しまーす」

翌日。エリはいつも通りの時間に、いつもと同じようなノリでうちにやってきた。

玄関先で靴を脱ぎながら、エリは俺《おれ》の顔を下から覗《のぞ》き込む。

「二日酔いとかになってない？　大丈夫？」

「ああ。見ての通りだ」

「ほんとだ。いつも通り、部屋着もくたびれてるね」

「それは関係ないだろ。部屋着ぐらい適当にさせてくれ」

そう返すと、エリはにしし、と笑った。

「さて～。今日は台所とダイニングのゴミ掃除からだね。食器は片付け終わってるけど、缶とかお菓子の袋とかそのままだろうし」

廊下を歩きながら制服の腕をまくるエリ。やる気満々だ。

けどそのやる気は、残念ながら空回って終わるんだな。

「……あれ？」

What kind of
partner will
my niece marry
in the future?

「どこでなにが散らかってるって？」

エリは、ダイニングとキッチンの様子に目を丸くした。

「片付いてるー！　なんで？」

「なんでって、片付けたからだよ」

「うそ。叔父さんが？」

別に泥酔するほど飲んだわけでも、片付けの時間を惜しむほど遅い時間でもなかったからな。自分でできることは、自分でやったってだけの話。

まあ本来はエリに任せたりせず、普段から自分の家のことは全部自分でやるべきなんだが。

――それに、自分の頭の中を整理したかったのもある。

なつきに言われたことや、エリのこと。

そして俺自身は、叔父としてどうするのがいいのか……について。

そういうのを考え、まとめるのに、片付けはちょうどよかったのだ。

「すごい。ちゃんと分別もできてる」

「そんな驚くことでもないだろ。ペットボトルはラベル剝《は》がしてキャップも取って分ける。缶は軽く潰《つぶ》して袋にまとめる。小学生でもできる」

「そうだけど、いままで叔父さんがやってるところ見たことないからさ。すごいよ、偉い偉い！　よくがんばったね～」

クルリと振り返ると、エリはおもむろに俺の頭へ手を伸ばす。

「その褒《ほ》め方は、さすがに人のこと舐《な》めすぎだから」

「あう」

エリの頭をぐっと押さえる。撫《な》でようとするのはさすがにオーバーだっての。

「褒めてあげたい気持ちは本心だよ？　恥ずかしがらなくたっていいのに」

「うっせ。いい歳《とし》した大人がＪＫに撫でて褒められるなんて、気恥ずかしさの極みだ。気持ちだけで充分だって」

エリは「ちぇ～」と不服そうに引き下がった。聞き分けがよくて助かる。

「まあ、恥ずかしがり屋さんならしょうがないね。今日のところは大人しく、言葉と気持ちだけで伝えとくとするよ。……ありがとね、叔父さん」

エリは微笑《ほほえ》む。いつも俺に見せる、にへらっとした笑み。昨日のことは、なにも気にしていないようにも見える。

いや、あるいは気にしないよう強がっているだけかもしれない。正直それは、話してみないとわからないな。

……うん。やっぱり昨日、片付けをしながら考えていた通りだ。

まずはちゃんと、エリの率直な思いを聞くしかないのだろう。エリを俺の思い込みで縛りたくないのなら、尚《なお》のこと。

……問題は、その覚悟をちゃんと持つことができるのかどうか――

「でもここで叔父さんに残念なお知らせです」

俺の思考を遮るように、エリは言った。

「資源ゴミは、今朝が回収日なのでした」

「…………」

考え事をしながらだと、肝心なところで、詰めが甘くなるようだ。


そして、夜。今日も今日とて、エリの作ってくれたうまい飯を食べ終えたあと。

「この、この！　逃げんな――やった、敵オール！　一気に詰めよ！」

エリと俺は、ふたりソファに並んで座りゲームをしていた。

普段ほとんどつくことのないリビングのテレビに映し出されているのは、敵を倒しつつ自陣を塗り広げていくTPSゲームの画面だ。四頭身程度のかわいいキャラが、銃を撃ったり塗られた自陣を潜って移動したりと、忙《せわ》しなく動いている。

「わー、マルミサ！　鬱陶《うっとう》しいなぁ、もう！」

エリはコントローラーをグイングイン動かしながら楽しんでいる。ジャイロ機能付きのコントローラーでエイムするから、必然的にそうなるのはしょうがないんだが……。

動きが激しいから、さっきから俺にがしがし体ぶつけてくるわ、スカートが翻《ひるがえ》って太もものなかなか際どいところまで見えちゃってるわ……もう少し大人しく遊べないもんかね。

「叔父さんとこ、ふたり行ってるからね、気をつけて！」

「おー」

敵の出方を予測し、置きエイムで対処。ひとり落とす。素早く高所に移動し、後方からついてきていた敵を狙《ねら》ってさらに落とす。

この辺りの立ち回りは、ほぼ無意識にできてしまう。なので、隣で楽しく必死に遊んでいるエリには申し訳ないが、ゲームに付き合いながらもずっと違うことを考えていた。

エリの率直な思いを聞く。でも、なんて切り出すべきか。いまいち固まらないまま、ずるずるとこんな時間になってしまった。

なんなら明日でもいいんじゃ……という甘えが出そうになるのを、必死に止める。それじゃ結局、いつになっても切り出さなくなる。今日中にエリと話さなきゃダメだ。

でも、頭ではそうわかっているのに覚悟が持てず、躊躇《ためら》ってしまう。理由は明白だ。

俺は──怖いんだ。

図らずも芝居の世界へ、エリの背中を押す結果になってしまうんじゃないかって。

エリを守ってやりたいと思うからこそ、傷つくきっかけを与えてしまうんじゃないかって不安が、こびりついて離れない──

「……さん？　叔父さんってば！　塗って！」

「え？」

弾《はじ》かれたようにテレビ画面に目を向ける。どうやら俺は、さっき二体倒したあとからずっと棒立ちのままだったようだ。

慌《あわ》ててキャラを動かすも、すぐにマッチ終了のブザーが鳴る。結果は、僅差《きんさ》で負け。

「もう……しっかりしてよ叔父さん。いつもはあの状況、我先に詰めてるじゃん」

「悪い。ちょっと考え事してて」

ばつが悪くなり、笑みで取り繕《つくろ》う。

エリの言う通りだ。無意識で立ち回れるとか言っておきながら、結局上の空。

このゲームは四対四のチーム戦だ。他《ほか》ふたりのプレイヤーは野良とはいえ、迷惑をかけてしまって申し訳なく思う。

「……なんか、今日の叔父さん、ちょっと変だよ？」

「変、だったかな？」

「うん。だって昨日の飲んだあとの缶とか、全部片付いてたし。お仕事だって、なんかずっと手が止まってたように見えたよ？　それに、いまだって……」

どこか寂《さび》しげに目を伏せて、エリは続けた。

「……私、なんかした？」

「いや、なんもしてないって。……いやむしろ、いろいろやってくれて感謝してるぐらいだから、なんもしてないってわけじゃないんだけど、そうじゃなくて……」

ああ、くそ。なにやってんだ俺は。

自分がシャキッとしないせいで、かえってエリを不安にさせてしまってる。

ちゃんとしろ、芝井結二《しばいゆうじ》。俺はエリの叔父だろ。

自分の行動が、結果的にエリを傷つけてしまうかもしれない。それが怖いのも当然だ。

でも。

——思い込みで絵里花《えりか》ちゃんを縛るなら、それは尊重とは真逆の過干渉だよ。

傷つけてしまうかも、なんてのは、ただの思い込みって可能性もある。

そしてそれを確かめるために、エリの本心を訊《き》くために、第一歩を踏み出そうというんだ。

ちゃんと向き合え、芝井結二。

「……あのさ、エリ」

「うん？　なぁに？」

エリは小首をかしげた。

なんの警戒も不信感も抱いていない、まっすぐな目を。

無邪気で、でも純粋で、小動物のように瞬《まばた》く瞳《ひとみ》を、こちらに向けて。

この眼差《まなざ》しを曇らせたくないという感情が、口元を押さえつけているように錯覚する。

──その考え方を断ち切れ、いまではなく、芝井結二。

本当にエリを思うのなら、いまではなく──

「大事な話があるんだけど、いいか？」

未来の笑顔を守ってやってこそ、叔父じゃないか。

「いいけど、どうしたの？　……もしかして、あまりにも私の作るごはんがおいしいから、向こう十年は作ってほしい！　的な話？　いや〜、困っちゃうね〜」

「真面目《まじめ》な話だ。昨日の話の続き」

楽しそうにしていたエリの表情が、少しだけこわばった。

「なつきが言ってたMVのことだ」

空気が張り詰めたのがわかる。水中に放り込まれたような息苦しさを覚え、あらゆる音が遠のいて聞こえた。

けれど、俺は構わずに続けた。

「昨日のことがあって、エリとはちゃんと話しておきたいって思ったことがあるんだ。だから少し、時間をくれないか？」

エリが、グッと息をのんだ。まるで、なにかの覚悟を決めたかのような。

コントローラーをローテーブルに置いたエリは、側《そば》のリモコンでテレビを消した。無音になるリビング。自分の鼓動が、思いのほか早足になっていたことに気づく。

居直ったエリは、さっきまでの楽しげな表情とは裏腹な真剣な面持《おもも》ちで、俺と向き合う。

「出演してみない？　って言ってたやつだよね？」

「ああ」

頷《うなず》くと、エリは小さく息を吸い込んだ。

どんな意図の呼吸かがわからなかったけど、ひとまず俺は話を続けることにした。

「あのときは勢いで俺が断ったけど、まだエリ自身の答えを聞いてなかったから」

「私の、答え？」

「そう。エリ自身の考えって言ってもいい。単刀直入に訊く」

聞き返してくるエリに、俺は正直な言葉を紡《つむ》いでいく。

「ＭＶの出演に誘われて、エリは率直にどう思った？」

ハッとしたように目を見開くエリ。

けれどそこに、不快感はないように思えた。

「ずいぶん、直球で訊いてきたね」

「言葉は選ぼうとしたんだ。でも、頭の中がぐるぐるしてばかりで、埒《らち》が明かなくて」

「それは──花澤可憐《はなざわかれん》のことがあったから？」

エリの問いに、頷く。

「あんな思いは二度としてほしくない。だから、エリが芝居の世界から身を置くことに、俺は異論なんてないしどうこう言うつもりもない。そういうスタンスのはずだった。……でも、昨日の俺はそうじゃなかった」

どういうこと？　と言いたげに、エリは首をかしげた。

「エリが自ら選んだわけじゃなく、俺が勝手に『身を置くべきだろう』って思い込んで……割り込んで断ってた」

「……うん。結構、秒で割って入ったよね」

「少なくとも、あのときはそれが最善だと思ったから……。でもそこに、エリ本人の意志はなにもなかったよなって、気づいてさ」

エリは、ただ黙って俺の二の句を待っているようだった。

「だから、エリ自身はどう思っているのかを訊いておきたいんだ」

「そう。……でも、それはなんのため？」

エリは、まっすぐに問うた。

「私に、ＭＶに出てほしい……ってこと？」

俺は投げかけられた言葉を受け止め、しっかりと咀嚼《そしゃく》する。

出てほしいかほしくないか、という話とは、また少し違う。

もちろんこの文脈から考えれば、そう捉《とら》えられてもしかたないんだが……。肝心なのはそこじゃない。

「出る出ないはエリが決めるべきだ。俺から頼むつもりも、無理強《じ》いするつもりもない」

かぶりを振って、再びエリへ視線をやった。

「ただ俺は、俺の勝手な思い込みで、エリを縛りたくないだけだから」

エリは、自らなにかを言うわけでもなく、ジッと俺に目を合わせ続ける。

果てしなく吸い込まれてしまいそうな眼差し。

その奥で、エリはいま、なにを思っているのだろう。

「もし……もしも、だけど」

絞り出すように、エリは続けた。

「出てみるのもありかも……って思ってたとしたら、叔父さんはどうするの？」

「それは……」

そのもしもの答えを、予想していなかったわけじゃない。

俺の知らなかったところですでにトラウマを克服していたエリが、なんらかの理由や目的で、再び役者の道を進もうと考えているかもしれない。

それは、昨日のなつきの話を受け止めた上で考えれば、自ずと導き出せていた可能性だ。

けど、俺の中でどう答えるべきかまでは、準備できていなかった。

「……エリがもしまた、芝居をしたいなら……」

でもなんとなく、光は見えた気がする。

俺が叔父として、エリの進む道に対して、どう寄り添ってやるべきなのか。

俺にできる、唯一のことは——

「その意志を尊重するしサポートもする。エリの気持ち次第だよ」

いたずらに背中を押すのも違う。でも引き留めるのはもっと違う。

だからエリの選択を見守り、そして必要なら力を貸してやろう。

それが、叔父である俺が行き着いた答えだった。

「……そっか」

フッと微笑みを浮かべ、エリは吐く息と共に漏《も》らした。

「——てはくれない……か」

「え？　ごめん、聞こえなかった」

「ううん、なんでもないよ。ちょっとした独り言」

パッと笑顔を作ると、エリは背もたれに身を預けた。もぞもぞといじっている指先を見つめながら、口を開く。

「佐東《さとう》さんの話ね、昨日も言ったけど、別に嫌な気持ちになったりとか、そういうのは全然なかった。むしろ、正直に言えば……」

エリは、スッと顔を上げ、こちらに向き直った。

「お芝居をしている私は、想像できた。ハッキリと」

「うん」

「そのとき、気づいたの。私は、『花澤可憐』を胸の奥ーのほうにしまってただけで、ポイッとはしてなかったんだなって。そりゃそうだよね、お母さんがつけてくれた、もうひとつの私の名前なんだから」

エリはそっと、胸の真ん中に手を添え、落ち着かせるように息を吸った。

「もしかしたら私は、また、お芝居をしたいのかもしれない。だから捨てられてなかったのかもしれないって」

「それが、なつきから話を聞かされたときの、率直な気持ちだったんだな」

「うん」

そうか。エリはひとりでも、自分の中にある思いにちゃんと気づけていたのか。

自分の心に、きちんと向き合えていたんだな、この子は。

改めてなつきの、人の心情をくみ取る能力の高さに驚かされた。

いや、違うな。単に俺が、過保護なあまり視野狭窄《きょうさく》になっていただけか……。

「……でもね」

エリは、ギュッと胸元《むなもと》を掴《つか》んで続ける。握った拳《こぶし》は、少しだけ震えていた。

「怖いのも、本当なんだ」

「エリ……」

「あのときみたいに溺《おぼ》れるんじゃないかって思うと、やっぱり怖い」

溺れる。それは、エリだからこその表現だった。

実際に溺れたわけじゃない。ただ、いろんな役を演じるうちに自分を見失い、右も左も、前も後ろも、上も下も、なにもかもがわからなくなって暗い空間へ沈んでいく感覚。

『花澤可憐』を求められていた当時、エリはそんな感覚に陥《おちい》ったのだそうだ。

なにもない真っ暗な空間へ、ただただ溺れていく恐怖感。

演じることと結びついてしまったそれは、簡単に拭《ぬぐ》い去れるものじゃない。

「お芝居はしてみたい。MV、出てみてもいいかなって……でも、やっぱり怖いんだよ」

エリの声は、こちらへ訴えかけるようだった。

ふと、エリは俺からの言葉を待っているんじゃないだろうか、と気づいた。

だけど、なんて言えばいい？　なにを言ってあげればいい？

そう一瞬だけ思案して、けどすぐに帰結する答えがあった。

「俺は、エリの選択を尊重する。エリの思ったままの答えでいい」

怖いと訴えるエリの背中を、いたずらに押すことはできない。

やってみたいという意志を、引き留めることだってできない。

だから、そう答えてやることが、いまの俺にできる精一杯のことなんだ。

いまにも泣き出しそうな顔で俺を見つめていたエリは、一度大きく深呼吸した。

自分の中でグルグル渦巻く思いを、ゆっくりと整理するように息を吐き。

そして、微笑みを浮かべた。

「ＭＶ、いまの私じゃ、出られないと思う」

第十章 迷い

What kind of partner will my niece marry in the future?

五月ももう終わろうとしている、とある平日。

『――はい、動画七本、納品確認したっす！　いや～、今回もスピード編集スピード納品、あざした！　もうゆーじさん様々っすよ～。次の動画もあとで発注するんで、オナシャス～！　……ところで……』

「んん？　……どした」

『なんでそんな、死体みたいな顔してんすか？』

隼《しゅん》は相変わらず、思ったことを思ったまま包み隠さず言い放つ。

もう少し言い方もあるだろう、と思ったのだが、そうツッコむ気力さえなかった。

「週末に一個、大きめの作業が控えててな……。いまのうちに時間稼ぎしたくて、先週末からずっとデッドヒートだったんだ」

【サ行企画】のMV撮影は、今週の土日――もう三日後に控えていた。

役者もどうにか都合がつき、プリプロはほぼ完了。ADも兼務する俺《おれ》はまだ多少の雑務は残っているものの、明日から集中的に片付ければ十分間に合うだろう。

『ありゃ、そうだったんすね～。お疲れさまっす。まだデッドヒート続く感じっすか？』

「いや、隼の動画編集で完走したよ……疲れた」

『あはは！　ゆーじさんが仕事のことで愚痴《ぐち》んの、珍しいっすね！』

言われてハッとする。

確かに普段、『忙しい』とか『疲れた』なんて愚痴ることはない。ましてや、気心知れているとは言えクライアントの前でなんて。

それがポロッと出たってことは、相当精神に来てるってことかもしれないな。

『息抜きは大事っすよ。てなわけで、これから一緒にグラフィティーンのランク回しに』

「いかないよ寝かせてくれよ顔見りゃわかるだろそんな元気ないの……」

ぐでーっとなりながら、どうにかツッコむ。

こんなに精神が摩耗してて体力も限界ギリギリだってのに、なんでＴＰＳやらにゃいかん。しかもカジュアルじゃなくてランク？　余計摩耗するだけだっての。

『冗談っすよ～言ってみただけっす！　とりま、ゆっくり休んでくださいっす。そんな状態じゃ、ゲームどころか婚活だってやる気力出ないだろうし。素っ気ないと嫌われるっすよ～？』

「あ……婚活、全然アプリ開いてなかったわ」

本当にいまのいままで記憶から消え去っていた。

デッドヒートだったからって理由でもなく、それこそ、四月末ぐらいからずっとだ。

『マジっすか？　一時は百人会ってフラれた、って言ってたぐらい、のめり込んでたのに』

「桁《けた》が違うだろ。十人だ、十人。……いや、でも、本当になんでだろうな」

別に婚活が嫌になったわけでも、諦《あきら》めたわけでもない。

婚活アプリに費やしていた時間が、他《ほか》のなにかに取って代わられたってことだろうか？

でも、特に仕事量を増やしたってわけでもないし……。

すると隼は、ＰＣカメラの向こうでニヤリと笑った。

『きっと、婚活以上に大切で楽しいなにかが増えた、とかじゃないっすか？』

「婚活以上に大切で、楽しいこと……か」

そう復唱して、しょぼしょぼの疲れ目をそっと閉じる。

無意識のうちに脳裏に浮かんだ少女が、ふにゃっと笑いかけてきた。

……そういうことなんだろうか。

ゆっくりと息を吐き出しながら、俺は目を開いた。

『心当たり、あるんすか？』

俺の反応に思うところがあったんだろう。隼は意地悪そうに笑った。

「……まあ、多少はな」

素直に答えると、隼は『よかったっすね！』と返してきた。なにをもって『よかった』なのかはよくわからなかったけど、結局、聞き返すこともせず。

最後は事務的な話を少しすませて、俺たちはビデオ通話を終えた。

イスから立って大きく伸びをする。体の節々が悲鳴を上げていた。歳《とし》かなとも思ったけど、単純に運動不足や仕事のしすぎだろう。

でも根詰めていたとはいえ、食事はエリがサポートしてくれていたから、充分すぎるぐらいに健康そのもの。むしろ今日まで倒れずにこなせたのは、エリの協力あってこそだ。

あとでなにか、お礼代わりにうまいものでも食わせてあげないとな。

ふと時計を見ると十四時を回ったところだった。

ひとまず、片付けるべき仕事はすべて片付けた。エリが来るまで仮眠でもしていよう。

念のため、家の鍵《かぎ》は開けておくか。寝ていて、エリが来たことに気づかない可能性はあるかもしれないし。

玄関の鍵を開けてリビングに戻ると、俺はソファーへ寝転び、スマホを触りだした。

「……ちょっとだけ、開いてみるか」

ちょうど話題にも上ったし、少し婚活アプリでも覗《のぞ》いてから寝よう。

なんて思ったのだが、横になった時点でどうやら負けは決まっていたようだ。

立ち上げたアプリを指先でスワイプしていくうちに、俺のまぶたは睡魔に屈し、ゆっくりと閉じてしまった――

＊　＊　＊

「あの、芝井《しばい》さん。このあと、少し時間もらえるかな」

帰り支度をしているとき、そう声をかけられて私は振り返った。

そこに立っていた男の子は、一言で言うならカッコよかった。性別無関係に集めた十人中九人が「イケメン」と認めるだろうってぐらい、文句のつけようもないほど。

彼の姿がそこにあるだけで、油で汚れた水に洗剤を落としたような速度で、周囲がぱぁっと明るくなったようにも感じる。仄《ほの》かな芳香までセットだ。ワックスの香料かな？

ただ、私は初めて認知する生徒だった。同じクラスの生徒じゃない。

「ひょえええ……な、なんということでしょうぅ〜！」

傍《そば》で私と雑談してた陽子《ようこ》は、彼を見るやアワアワしはじめた。

その反応は彼女だけじゃない。女子たちのどよめきが、さざ波のように教室中へ広がっていた。色めき立った様子で彼を見ているのが、視界の隅っこからでもわかる。

そんな煌《きら》びやかで、私以外の生徒は当たり前に存在を認知しているような有名人が、私を呼び止めた。そのことに一瞬だけ疑問を抱き――しかし、表情を見て瞬時に察した。

眉間《みけん》にうっすらと寄ったシワ。微《かす》かに堅くなっている頰《ほお》。悟られないようにと抑えてはいるけど荒くなっている息。

その緊張と真剣なまなざしで、私の時間を要求する理由はひとつだけ。

「話したいことがあるんだけど、いいかな」

私に、告白したいんだろう。

「あー。えっと、その……」

そしてすぐに考え始める。名も知らないこのイケメンの恋心を、どう諦めさせるべきか。

ハッキリ言って、私は同世代の男子にまったく恋心を抱けない。一般的な視点でカッコいいとかモテそうと思う感覚こそあるけれど、同世代の男子と自分が恋愛をする姿なんて一ミリたりとも想像できない。

彼らのことが嫌いなわけでも、舐《な》めているわけでもない。友人として、クラスメイトとして、普通に接する分には仲良くできる。

でも恋愛という、より深いところで互いがつながり合う未来を考えると、相手としてはあまりに幼くて自己中心的で必死すぎるから、安心できないのだ。

「マジでマジなやつじゃん、絵里花《えりか》！　やっば、あたしがドキドキしてきた……」

声は抑えつつテンション高めに、陽子は私の背中を叩《たた》く。ごめん、それ痛い。

……さりとて。

ここで彼をにべもなくあしらったら、校内でどう扱われるかぐらい、重々わかっている。

心底くだらないなぁとは思いつつ、それが社会の構造だし、生き抜く上ではある程度理解し味方に付ける必要はあるわけで。

まあ、とどのつまり。

読める空気は読んでおくに超したことはない……ってことだ。

「ここだと、人も多いしさ。ちょっと場所変えない？」

私がそう提案すると、名も知らない彼は顔をほころばせた。

第一関門は突破した、とか思っているんだろうな。ちょっとだけ心が痛む。

「そういうことなら、あたしはとっととサヨナラしちゃうよ！　朗報待ってるからね！」

「あ、ちょっと、陽子……」

陽子は顔を真っ赤《まっか》にしながら、陸上部員らしい素早さでぴゅ〜んと教室を後にしてしまった。

しまったなぁ……目の前の彼の名前、こっそり教えてもらおうと思ってたのに。


彼とふたりきりになるために選んだのは、西校舎——特別教室なんかが密集する、放課後はほとんど人の寄りつかない校舎の、階段の踊り場だ。

少しだけじめっとした空気が漂う中、改めて彼のほうへ向き直る。

それにビックリしたのか、彼は肩を揺らし、口を開いた。

「それで、話したいことについてなんだけどさ」

「あ、うん。でもその前に、ごめん。本当に、ごめんなんだけど……」

幾重にも予防線を張ってから、私は訊《たず》ねた。

「私、あなたの名前をちゃんと知らなくって……」

彼は小さく「えっ」と漏《も》らした。こわばっていた表情から、血の気と共に力が退いていく。

もしかしたら、フラれる以上のショックを与えてしまったかもしれない。

「あー、マジか。ちょっと予想の斜め上だったわ」

力なく笑う。でもそれは、羞恥心《しゅうちしん》や諦念《ていねん》といったかわいげのあるものじゃないんだろう。

なんとなく、そう思える切り返しだった。

「自分で言うとすげぇ自意識過剰みたいで嫌なんだけど、わりと結構、有名って自覚あったからさ」

「ごめん。クラスが違うと、どうしても疎《うと》くなっちゃって」

「ああ……まあ、そういうもんか、普通は」

納得してくれたようだ。もっともらしい言い訳を準備しておいてよかった。

「岡田《おかだ》。岡田太一《たいち》。四組で、バスケ部所属」

「あ、芝井絵里花……って、私のことは知ってるんだっけね」

名乗られると条件反射で自分も名乗ってしまうのは、子役の頃《ころ》に染《し》みついたクセだ。

それを見て、岡田くんはクスッと笑った。なるほど、整った顔つきだけど破顔するとちょっと幼い印象に変わるのが、モテているポイントなのかもしれない。

「それじゃあ、改めてなんだけど。俺と、付き合ってほしい」

思っていた以上に直球で、面食らってしまう。

いやまあ、運動部員で見るからに陽キャだし、ある程度は真摯《しんし》にぶつけてくるかもとは思っていたけど、まさかここまでドストレートに来るとは。

どうしよう。ますます困ったぞ。

「もちろん、芝井さんが俺のことよく知らないいんなら、付き合うのを前提に友達として、ラインのやりとりからでもいいんだ。考えてくれないか？」

真剣に思いをぶつけてこられると、ただただ申し訳ない気持ちになってくる。

好きでもなんでもない相手なのだ。

好きになることもない相手なのだ。

そんな人から一方的に好意をぶつけられても、嬉《うれ》しさなんかより、断る以外に道のないことがひたすらに心苦しいだけだ。

だからこそクラスメイトとは、この二ヶ月、適切な距離を取って不要な恋慕を抱かせないよう振る舞ってきた。それでも、発展する可能性はゼロにはできないだろうな……ぐらいに思っていたのに。

まさか、クラスメイトじゃない人からのアプローチが最初とは、予想できなかった。

しかもそれって、内面はほとんど知らないか又聞《またぎ》き程度の認識しかなく、見た目だけで告白に踏み切ったってことだよね？

そうなると殊更《ことさら》に、これはお互いにとっての不幸な事故でしかないなぁ。

「……岡田くんの気持ち、嬉しいよ。ありがとうね」

そう、彼の心を気遣って、選んだ言葉を並べていく。

「でも私、いまは誰《だれ》かと付き合うとかは全然考えてないんだ。考えられないし」

「別に、いますぐ付き合ってほしいってわけじゃないんだ。付き合うのを前提に、知り合っていけたらって……」

「だとしたら、やっぱり順番がちょっと、ね。ちゃんと知り合って信頼し合ってから初めて、恋愛を前提にした関係が築けるのかなって」

「なら、友達になってくれないか？　知り合ったばかりだからこそ、今日から俺たち、友達になろうよ。な？」

うう〜ん……。ぐいぐい来るなぁ。全然折れてくれない。

表向きはやんわり微笑《ほほえ》みつつ、内心ではもう、どうしたもんかと渋い顔をしている。

相当、このひとつの恋に全力なんだなぁ。

私なんかより、押せば楽しい恋愛関係築けそうな人、いっぱいいるだろうに……。

「友達って、なんていうか、なろうって言ってなるものじゃないと思うし……なったところで、私、放課後とか休みの日は家の事情で忙しいから、優先してあげられないよ？」

ウソは言っていない。放課後は、それこそ今日だって叔父さんの家に寄るし、休日は自分たちの家の用事を片付けないといけない。

かといって、それらのやるべきことは、私にとって『やりたくないこと』ではないのだ。なによりも優先して『やりたい』こと。少なくとも、岡田くんとの恋愛よりも。

そうやって、彼へ興味がないことを遠回しに伝えようとしたのに、

「それでもいいよ。いつか振り向かせる自信ならあるから」

「………」

ああ、どうしよう。だんだん面倒になってきちゃった。

こういう必死すぎるところが子供だなって思っちゃうから、同世代って恋愛対象に見られないんだけどな。

でも、ここまで押しが強いと、生半可な言葉じゃ引き下がらないんだろう。

あまり強い言葉や強力すぎるウソで追い払いたくはなかったけど……。

しかたがない、禁じ手を使おう。

「本当にごめん。正直に話すとね？　実はもう、付き合ってる人がいるんだ」

岡田くんは、力なく「……あ」と漏らした。世界があと一週間で終わると知らされたかのように、表情から光が消えた。禁じ手なだけあって、効果はあったらしい。

嘘《うそ》か本当かは、いま、彼の中では重要ではない。

本当だったなら、つけいる隙《すき》がこれっぽっちもないことの証明になる。

仮に嘘だったとわかっても、偽《いつわ》りの彼氏を取り繕《つくろ》ってでも断りたかった、という証明になる。

つまりこれは、禁じ手にして最強の攻撃。

そのカードを切った以上、もう、この話はここでお終《しま》いだ――

「……じゃあ、最後に一個だけ、聞いてもいいかな」

――とはならないこともわかっていた。ワンチャン、終わってはほしかったけど。

岡田くんは力なく訊ねる。

「芝井さんの彼氏さんって、どんな人？」

これが、禁じ手たる所以《ゆえん》だ。

答え方を間違えれば、どんな噂《うわさ》が立つかわかったものではない。

少なくとも岡田くんより魅力的で、岡田くんでは適わない人間像をでっち上げるしかないのだけど、無作為に取り繕うと『変な相手と付き合っているヤバいやつ』というレッテルが貼《は》られかねない。

それで面倒な人が近づかなくなるのなら効果てきめんではあるけれど、学校中に広がって先生にも知られることとなり、あまつさえお母さんのもとへ連絡が行こうものなら、大迷惑も甚《はなは》だしい。

それだけは絶対、避けなくちゃいけない。

などと考えながら、瞬時にニセ彼氏を作り上げる。

「いつも私のことを、誰よりも心配してくれている優しい年上の人、だね」

口に出してから、そんな人は私の知る限り、ひとりしか思い浮かばないことに気づいて。

もし本当に恋しちゃってるとしたら不毛でしかないなと、心の中で嗤《わら》うのだった。


放課後。叔父さんちに到着して、私はチャイムを鳴らした……のだけど。

「……あれ?」

おかしい。いつもならすぐ反応が返ってきて、玄関を開けるため向かってくる小走りな足音が聞こえてくるのに、今日は全然音沙汰《おとさた》がない。仕事に集中しているんだろうか?

叔父さんは本気で集中するとき、ノイズキャンセラー付きのヘッドホンをつけて仕事をする。そうすると叔父さんの世界からは、一切《いっさい》の雑音が消え去る。触らない限り気づいてもらえないレベルで、だ。

ずっと忙しそうにしていた先週末も、ごはんの時間以外はだいたいそうして仕事していた。月曜なんか、久々に徹夜したって言ってたし。

今日もそのぐらい、忙しくしているんだろうか。だから、チャイムにも気づかない。

……やっぱり、迷惑だったりするのかな？

これまで叔父さんは、なにも文句を言わず私の通いを受け入れてくれていた。

でも本当は、仕事の邪魔って思っていたんじゃないかな。

私がこうしてチャイムを鳴らす度に、叔父さんは仕事を中断して出迎えてくれていた。それだってよく考えれば、煩《わずら》わしいことだったはずだし。

そんな不安が過《よぎ》ってしまったけど、頭の中で必死に誤魔化《ごまか》してドアノブを捻《ひね》る。

「え？　開いてるんだけど……」

ビックリした。不用心にもほどがある。

でも、もしかして……空き巣にでも入られちゃった、とか？

廊下はシンとしている。キーボードを叩く音すらしていないことに、じわりと汗がにじむ。

足音を立てないようリビングへ向かい、ドアをそっと開く。

叔父さんは、いた。ソファーで横になっている状態で。

「………なんだ、お昼寝してただけか」

胸の辺りが緩やかに上下動しているのを確認して、ホッとする。

よかった。特に異常はなさそうだ。ソファーの側《そば》にスマホが落ちている様子から、たぶん、横になって休憩してたらスッと寝落ちしちゃったんだろう。

つまりは、働きすぎ。これはよくないなぁ。

適度に休むよう言っているんだけど、叔父さんはがんばるときは無茶《むちゃ》しがちだから、たぶんほとんど休んでいないだろう。毎日ちゃんとご飯は食べてくれるけど、それも、私が作りに来てあげてなかったらどうなってたことやら……。

「そうか。だからか」

鍵が不用心に開いていた理由に、ふと気づいた。途端に、申し訳なさが顔を出す。

叔父さんは、こうして寝落ちしちゃう可能性にまで気を配り、鍵を開けておいてくれたんだ。たとえ一時の不用心と引き換えにしても、私のために。

ああやっぱり、叔父さんの優しさには適わないなぁ。そんなことを思いながら、帰りがけに買ってきていた食材などを冷蔵庫へしまった。その後、そっと叔父さんに近づいてみる。

本当にぐっすり眠ってる。よっぽと疲れていたんだろう。

そういえば、こうして無防備に寝ているところを見たのは、初めてかもしれない。

力が抜けている叔父さんの寝顔は、今年で二十八歳になるとは思えないほど子供っぽくて、ちょっとだけかわいいとすら思う。ちょっとだけね。

ほっぺたツンツンしたら起きちゃうかな、とか、鼻を摘まんだらどんなリアクションするかな……みたいなイタズラ心がうずくけど、ここ最近の忙しさは私も知っていたから、さすがにそんなことはできなかった。

代わりにしゃがんで、横になっている叔父さんと目線を合わせる。不思議と、いつまでも眺めていられる、そんな穏やかな寝顔だった。

まつげ長くてうらやましい。

意外とお肌がきれいだな。

でも唇かさついてるぞ。

のど仏ってこんなにくっきりしてるんだ。

探検家になった気分で叔父さんの寝顔を眺めていると、のど仏の辺りになにかがついていることに気づいた。

「……髭《ひげ》？」

少しだけ顔を近づける。のど仏のてっぺんに、チョンと一本だけ毛が生えていた。

ビックリした。男の人って、こんな所にも髭が生えちゃうんだ。

小高い丘に生えた一本杉のような毛がなんだかかわいらしくて、私はスマホを取り出し、つい撮影してしまった。

よくよく見てみれば、喉《のど》と顎《あご》の境目や顎の先にも毛は生えていた。不精髭を生やしていることはたまにあるけど、長さや量を見るに、剃《そ》る暇すら惜しんで仕事をがんばっていたのがはっきり伝わってきた。

まあ、単純に剃るのが面倒だったって可能性はあるけれど。

それでも——

「お仕事お疲れさま、叔父さん」

きっと叔父さんのことだから、お仕事をがんばっていたに決まっている。

いっぱい動画を編集して、私も含めて多くの人を楽しませてくれる。

そのために、ずぅーっとひとり家の中で、たくさんたくさんがんばったんだろうな。

そんなふうに、叔父さんは、誰かのために動ける人。

誰かのために、時間を割ける人。

抜けているところもたくさんあるけれど、でも、その優しさだけは昔から知っているし変わらない。

大人だな、と思う。当然だけど、同世代の男子よりも、うんと……。

ひとつのことに固執して、引き際や空気を察することもできず、自分の都合しか見えていない子供とは違う。

――いつも私のことを、誰よりも心配してくれている優しい年上の人、だね。

岡田くんをフったとき、はっきりと叔父さんのことを考えて口にしていた。

もちろん私たちは、結ばれていい関係ではない。三親等の叔父と姪だから。

ただ、あまりにも子供じみた思惑がはびこる環境に――悪意はなくとも自己中な思考が透けてしまう環境に身を置いていると、どうしたって叔父さんの隣は居心地よく感じてしまう。

でもそこまで思考を巡らせて、ふと思う。

子供だなってレッテルを貼って、叔父さんと比べてしまった岡田くんだけど。

それでも彼は、勇気と強さは備えていた。

誰かに思いを伝えるって行為にたくさんの勇気が必要なことは、私だってわかっているつもり。その大きな一歩を踏み出せたのだから、岡田くんはやはり強い人ではあるんだと思う。

じゃあ一方で、私はどうだったただろう。

ＭＶへの出演に誘われて、自分の中で燻《くすぶ》っている気持ちにも気づいて、叔父さんに正直な気持ちだって打ち明けて。

でもいざ決断する段階になって、私がとったのは――ＮＯという選択だ。

――その意志を尊重するしサポートもする。エリの気持ち次第だよ。

私を想《おも》う叔父さんの優しい言葉を受け止めて、思ってしまった。

優しいけれど、背中を押してはくれないんだな……って。

自分でも嫌になる。叔父さんの言葉を当てにしていた弱さもそうだし、ちょっとでも人のせいにしちゃった自分が。

別に叔父さんは悪くない。叔父さんは根っからの優しい人だから、気遣って私に判断を委《ゆだ》ねただけ。そんなのわかっているはずなのに……。

岡田くんに感じていたイライラは、なにも、彼がどうこうってだけじゃない。

ただの自己嫌悪だったんだ。

彼からの告白で余計にはっきりしてしまった、私自身の弱さに対しての。

「どうしたらもっと、強くなれるんだろうね」

叔父さんの安らかな寝顔に向かって、そう問いかける。

返ってくるわけないとわかっていたはずなのに、少しだけ、胸が痛んだ。

＊＊＊

意識が戻ってきたとき、俺の鼻が最初に感じたのは仄かな味噌《みそ》の香りだった。続いて、なにかをテンポよく叩く音が耳朶《じだ》に触れる。

意識の焦点が合っていくにつれ、いままで眠ってしまっていたことに気づく。というか正確には、思い出した。

のそりと体を起こすと、体にかかっていたブランケットがずれ落ちた。辺りはすっかり真っ暗だ。唯一明かりが灯《とも》っているのはキッチンだけ。

そしてそこには、制服の上にエプロンを巻いている女子高生がひとり。

「あ、起きた？　おはよ」

「……ぁよ……」

寝起きのせいで、しゃがれた声しか出せなかった。

「鍵、開けといてくれてありがとね。でもさすがに不用心だよ、お邪魔してる私が言うのもなんだけど」

「……だな」

エリの言うことは一理ある。とはいえ、もし閉めたままだったら、ずっとエリを放置するはめになっていただろうし。

どうするのがいいかを寝ぼけた頭で考えたが、意識がとっちらかってまとまらなかった。

「それと、もう少しでごはんできるよ。顔洗ってきたら？」

「ん……」

返事なのか呻《うめ》きなのかもわからない音を出してから、俺は立ち上がって体を伸ばした。

我慢できずに漏れたあくびをエリに笑われたが、気にせず洗面台へと向かう。

顔を洗って戻ってくると、香《こう》ばしい醤油《しょうゆ》の香りと油の跳ねる音が飛び込んできた。

キッチンの中へ入り、調理中のフライパンを見る。豚のロース肉が、醤油系のタレをまといながら炒《いた》められている。

「生姜《しょうが》焼き？」

「うん。すっごく疲れてるみたいだったから、ちょっと濃いめに味付けしたよ。濃すぎたらごめんね？」

「気遣いのレベル、カンストしてない？」

しかも、そばに準備されている皿には千切りキャベツが盛られていた。スーパーで買った加工品だろうけど、こういう彩《いろど》りや添え物を欠かさないのは、むしろ気を使いすぎと言いたくなるほどだ。

「……至れり尽くせりって、このことを言うんだな」

「どしたの、急に?」

ジュウジュウと音を立てる豚肉を返しながら、エリは小さく肩を揺らした。

「いや……仕事で疲れて昼寝しちゃっても、目が覚めたら飯ができあがってるって、控えめに言って最高だなって」

「いまごろ気づいたの? 叔父さん、すっごく恵まれた環境にいるって」

ふふ〜んとドヤ顔をしたあと、エリはいったんフライパンから離れ、味噌汁用のお椀《わん》を準備し始める。

でも確かに、その通りだと思った。俺は恵まれた環境にいる。

同時に、ふと思ってしまった。

多分いくら婚活したところで、これほど気遣いレベルがカンストしている理解者には、なかなか出会えないんだろうな……と。

そりゃ、婚活アプリも立ち上げなくなるわけだ。

……って、姪を相手になに考えてんだかな。

エリの気遣いのカンスト具合は、俺たちが叔父と姪の親族だからこそだろう。その居心地のよさに、ここ数ヶ月救われているのは、紛れもない事実だ。

でも言ってしまえば、それだけだ。その先はあり得ないし、あってはならない。

変なことを考えるのは、もうよそう。

俺は、エリから「ん」と渡されたお椀に、味噌汁を注《そそ》ぐ。

具材は俺の大好きなもやしと油揚げだった。ほんとなんなの、この気遣いレベル。


うまい夕飯を存分に堪能《たんのう》し、食休みも兼ねてソファでくつろいでいると、スマホに弘孝《ひろたか》からの着信が入った。

今度の撮影のことかな、と当たりをつけて電話に出る。

『土日なんだけどさ、撮影に参加すんのって役者ふたりを除いて誰いるんだっけ？』

「俺と弘孝、なつきの三人だな。……やっぱ人手不足感あるか？」

『まあなぁ。つーか、雑務頼めるやつが少ないのが、なにかあったとき怖いよなって』

弘孝の言うこともわからなくはない。

今回はＭＶだから、もともと音の収録は発生しない想定だ。あったとしてもＩＣレコーダーで十分間に合う。照明に関しても自然光を使う予定で進めているから、スタッフは不要。

なので、カメラを回す弘孝とそれをサポートする俺、演者さんをケアするなつきがいてくれれば、最低限、現場は回せる。

逆に言えば最低限だからこそ、不測の事態に対応ができない可能性がある。

「とはいえ、他の【サ行企画】の連中はみんな仕事だって言うしな。俺たち三人だけでも土日両方確保できたのが奇跡みたいなもんだし」

そのスケジュール調整をしたのが俺だから、よくわかる。

俺自身はともかく、弘孝もなつきも忙しい身だから、針に糸を通すような状態でようやく調整できた二日間だった。

他のメンバーの予定まで加味しようとすると、いつまで経《た》ってもスケジュールは定まらなかっただろう。ときには犠牲も必要、ってことだな。

などと思い返していると、エリがローテーブルに淹《い》れ立てのお茶を出してくれた。その気遣いに笑顔で応《こた》えて口をつける。

当のエリは、洗い物などが一段落したのだろう、俺の隣にボスッと腰掛けた。

『だよなぁ。どっかにいねぇかな、土日暇してそうな人』

「土日に暇してる、ねぇ。弘孝のお弟子さんとかは連れ出せないのか?」

『あいつ、いまロケで海外。それに、休みの日はインプットに専念するって決めてんだとさ』

口を尖《とが》らせているのが容易に想像できて、俺は笑ってしまった。

　すると、隣のエリがググッと近づいてきて、スマホに顔を近づけた。驚いて思わず仰《の》け反《ぞ》ってしまったのだが、

「ここに、土日暇してる女子高生ならいますけど？」

「『え？』」

　俺と弘孝の声が重なる。

「撮影のことはよくわからないですけど、それでもよかったら、お手伝いしましょうか？」

『あ、絵里花ちゃんか！　それ、マジで？　なら、めっちゃ助かる！』

「いや、まあ、確かに助かるんだろうけど……」

　女子高生なんて土日は同級生と遊びたい盛りだろうし、エリの場合は自宅の家事もある。そうでなくとも日頃、俺の家に通って時間を割いてくれているんだ。

　わざわざ撮影の手伝いで消化させるのは忍びないが……。

「なんなら二日とも、お弁当作りますよ。おにぎりとかサンドウィッチ程度でよければ」

「さすがにそこまでしなくていいって。わざわざ休みの日に……」

　遠慮気味に答える。あまり身内を巻き込みたくないというか、都合よく使いたくないという気持ちが俺の中にあった。

「おにぎり程度なら大した手間じゃないし、どっちみち、いざってときのために人手はあったほうがいいんでしょ？　私も叔父さんたちの活動、見学してみたいし」

楽しそうに笑って話すエリを見ていると、それが本心なのは伝わってきた。

まあ、本人が見学したい手伝いたいというのなら、無理に拒否する必要もないのか……。

「そこまで言うなら……エリも撮影に来てもらおうか。それでいいか、弘孝？」

『もちろん。まあ、よっぽどのことがない限りは適当に見学してていいから』

「はーい。ありがとうございます。お弁当、楽しみにしててくださいね」

えへへ、と肩を弾《はず》ませたエリだが、俺はふと、心配なことがあった。

「そういや、撮影当日はそこそこ朝早いぞ？　大丈夫か？」

すると、エリはポカンとした後、

「普段、叔父さんよりうんと早起きしてる現役《げんえき》女子高生に、それ言う？」

華麗なまでの返しは、電話口の弘孝を爆笑させた。

―第十一章― その一歩を踏み出す勇気

そして、撮影当日の土曜日。朝九時半を回った頃《ころ》。

俺《おれ》とエリは撮影現場の葛西臨海《かさいりんかい》公園に到着し、先に待っていた弘孝《ひろたか》と合流した。

「おー。結二《ゆうじ》、おはようさん。絵里花《えりか》ちゃんも、早くにごめんね」

「いえいえ。現役《げんえき》女子高生ですから、どうってことないです」

明るくも余所行《よそゆ》きの笑顔で答えたエリは、当然、今日は私服姿だ。比較的動きやすそうなシンプルなコーデだが、なまじスタイルがいい分、よりオシャレに感じた。

それからしばらくすると、なつきが到着した。撮影用の衣装などを入れたボストンバッグを担いで、小走りに向かってくる。

そして開口一番、

「あれー？　なんで絵里花ちゃんまで一緒なの？」

揃《そろ》っているメンツを見て、驚いた顔を浮かべた。

「え？　叔父さん、佐東《さとう》さんに伝えてなかったの？」

「そういやすっかり忘れてた……」

What kind of partner will my niece marry in the future?

「こりゃ、今日は先が思いやられちゃうね、ＡＤさん」

からかうようにエリは笑うと、大きな保冷バッグを持ち上げた。

「見学とお手伝いに来ちゃいました。みなさんの分のロケ弁も準備してきたんです。おにぎりばっかりですけど」

「うっそ、わざわざありがと～。ていうか、ちょうどよかったよ。これから買いに行こうって思ってたから」

「ホントですか？　危なかった～。ダブっちゃうところでしたね」

「結二もしっかりしてよね。報連相《ほうれんそう》は業界の基本でしょ？」

「なに言ってんだ、社会人の基本だ」

「その基本ができてない叔父さんは偉そうにしないの」

ぐうの音も出ない。

まったく、姪ならもう少し叔父に甘くてもいいと思うんだが。

「しっかし、いい天気だよなぁ」

「あ、話逸《そ》らした」

エリのツッコミを無視して、俺は空を仰《あお》ぐように伸びをした。

六月頭ともなると、朝早めの時間とは言え、すでにじんわり汗ばむ陽気だった。うまい具合に梅雨《つゆ》入り前を押さえられたことで、快晴とまではいかないものの、十分に気持ちのいい晴れ間が広がっていた。

大きく深呼吸すれば、仄《ほの》かに潮の香りも肺を満たしてくれる。清々《すがすが》しいことこの上ない。

明日も予報では晴れるって話だし、両日ともロケ日和《びより》に恵まれたと心から思う。

「絵里花ちゃんとは話せたの？」

なつきが、エリと弘孝が談笑している隙《すき》に耳打ちする。

「ああ。でも本人は、ＭＶに出るつもりはないって。いまの私じゃ無理って」

「ふ～ん。いまの私じゃ……ね」

含んだような言い方だな、と違和感を覚える。

だが、こっちからなにか言うより先に、なつきは続けた。

「まあ、それが絵里花ちゃんの意志なら、私はなんも言えないよね。本音を言えば、いち脚本家としてはちょっと残念だけど」

「本音もなにも、魂胆ダダ漏《も》れじゃねぇか」

「人聞き悪いなぁ。本書いたり映画撮ってれば、一緒に作りたい役者のひとりやふたり、いて当たり前でしょ？　それに実直なだーけ」

なつきは軽《かろ》やかに笑い飛ばす。ほんと、よくも悪くも豪胆なやつだと思うわ。

役者さんが到着したのは、それから五分ほどが経《た》ってからだった。

二十代の男女が一名ずつ。特にヒロイン『楓《かえで》』を演じる女優さんは、ストレートヘアが似合う清楚《せいそ》系だった。

背格好がどことなくエリに近いものを感じたのは、なつきがキャスティング担当だって考えると、偶然というわけじゃないんだろう。

その後、撮影場所へと移動する。最初に撮るシーンは浜辺のシーンからだった。記憶をなくし心も少女のままの成人女性・楓が、茫然《ぼうぜん》自失に海を眺めている導入部。

土曜ということでそこそこ遊びに来ている人たちはいたが、幸い、敷地の端のほうはまばらだった。撮影には好都合だと、そこを撮影場所として押さえる。

「撮影は今日と明日、十時〜十六時までの六時間。一応、予備でプラス一時間は使えるようには許諾取ってる」

「計十二時間。全部で83カットあるから、スケジュール的に余裕はないな」

香盤表《こうばんひょう》を見つつ、弘孝は短く嘆息《たんそく》して、

「打ち合わせ通り、ここは昔みたいに、結二にもじゃんじゃか力貸してもらうぞ」

差し出された撮影用のカメラを受け取る。ずしりと重い。カメラも、弘孝の言葉も。

でも、どこか懐《なつ》かしい重みでもあった。

「俺、いまはもう、そっち専門じゃないんだけどな。けどまあ、やれるだけやってみるよ」

そうして、波音と潮の香りに囲まれた中で、いよいよ撮影は始まった。

＊　＊　＊

長いこと現場を離れていたほぼ一般人の私でも、ＭＶの撮影がスムーズに進んでいるのは理解できた。

十五分のドラマ仕立てのＭＶ。カット数はおよそ80。一般的なロケなら、余裕を持って、最低でも三日はかけるって叔父さんたちは言ってた。

それがスムーズに進行しているってことは、普通の撮影クルーの二倍近い働きを、叔父さんと瀬戸《せと》さんのたったふたりだけでこなしている、ってことだ。

その様子に、私の目は釘付《くぎづ》けになっていた。

「あの、佐東さん」

「ん？　どったの？」

隣で撮影風景を眺めていた佐東さんに、私は思わず訊《たず》ねていた。

「叔父さんって、動画編集者……なんですよね？　なのに、助監督っぽい動きにすっごい慣れてませんか？」

私自身は、助監督さんやＡＤさんの仕事内容にそこまで詳しくない。子役のときにも関わったことはあるけど、引退して久しいいまとなっては、一般の視聴者が持っているイメージや知識と同程度だ。

だからこそ、ハッとさせられた。

叔父さんの行動は、一般人が想像する『ADさん』の動きを、遥《はる》かに凌駕《りょうが》していたからだ。

瀬戸さんがなにかを言うより先に、瀬戸さんの欲している情報や道具を的確に渡したり。

ひとつのカットを撮り終わったら、間髪入れず次のシーンの撮影が始められるよう、準備を素早く終えていたり。

そんな、瀬戸さんをサポートする動きひとつ気配りひとつが的確で、『映像編集者が雑務を兼任している』ってレベルには見えなかった。

ときには、叔父さん自身が自分の判断でカメラを回すこともあるから、尚《なお》のことだ。

「そうだね、確かにめっちゃ慣れてるよね」

おかしい話でも聞いたかのように、佐東さんはクスッと笑った。

「ドラマって、場合によりけりだけど、ロケでもカメラ二台ぐらい使って撮ることもあってさ。それで複数のカットを長回しで一気に撮って、編集でコンテ通りに繋《つな》げたりするのね」

「……はい」

そういう撮り方があることは、現場を経験していたし叔父さんの仕事を見てもいたので、知っていた。けど、知らないフリをして相づちを打つ。

「ただ、クルーふたりのカメラ二台でそれをやろうとしたら、監督とまったく同じ画《え》、まったく同じ段取りを頭に叩《たた》き込めている人が一緒じゃないと、どだい無理なわけ。いくら自主制作レベルのクオリティでいいとしてもね。結二はそれができるぐらい、弘孝と同じ解像度で画を頭に叩き込んで動いてる。それができるんだよ、あいつはさ」

　すると佐東さんは、どこか懐かしむように続けた。

「ああ見えて結二、元々は映画監督志望だったって知ってた？」

「え？　初耳です。……そうだったんだ」

　たぶん、初耳のはず。もしかしたら小っちゃい頃に聞いたことはあるのかもしれないけど、覚えてはいない。

「それこそ専門を卒業して数年は、映画とかドラマ制作がメインの制作会社に勤めてて、バリバリ働いてたんだから」

「てっきり、最初から動画編集の仕事をしてたんだと思ってました」

「そりゃ、そう思っちゃうのも当然だよね。いまのあいつは間違いなく、動画編集者として成功してるうちに入るし」

　でも叔父さんは、最初から動画編集者だったわけじゃない。

　佐東さんの話で合点《がてん》はいったけど、同時に、またわからないことが増えてしまった。

「なんで編集者になったんでしょうか？　映画監督とは、たぶん、違う道ですよね？」

　佐東さんは、答えにくそうに「う〜ん」と唸《うな》ってから、

「そればっかりは、結二自身が話してないなら私からは話せないよね。センシティブな話だ

し……『センシティブ』ってわかる？」

「『デリケート』、みたいなことですよね？」

「うん、そうとも言うね。それぐらい結二にとっては、いろいろ考えたり悩んだり苦しんだ末の選択だったんだよ。私も弘孝も、近くで見てたからよく知ってる」

よく知ってる……佐東さんのその一言に、なぜだか胸の奥がザワッてなった。

私の知らなかった叔父さんの一面。

叔父さんにもそんな時期があったんだって知れて嬉《うれ》しい反面、なんで叔父さんは教えてくれなかったんだろう、とも思ってしまった。

「叔父さんはそういう、苦しいとか悩みみたいなのを乗り越えたから、いまの仕事で成功できた……ってことなんですかね？」

私は無意識に、そんな質問を投げかけていた。

「どうだろうね。それは、本人がどう思っているか次第じゃない？　私にはわからないよ」

佐東さんは「ただささ」と続けた。

「いまの道を選んで、腐らずにやり抜いている姿を見ていれば、きっと乗り越えたんじゃないかな？　いろんなものに折り合いつけて、手放す覚悟もして、それでも残したかったものだけは絶対に捨てないで、さ」

「残したかったものだけは、絶対に捨てない……」

「制作の道から編集の道に鞍《くら》替えしたあいつを、『諦《あきら》めたんだね』って同情したり哀れむ専門時代の同期もいた。その程度で逃げ出すやつは他《ほか》の仕事だってどうせ続かない、って傷口に塩塗るやつもいた。一度『こうするんだ！』って決めたものを貫くのは当然大変なんだけど、実は手放すほうも、惨《みじ》めな気持ちにさせられる覚悟をしなくちゃいけないときもある。だから案外、辛《つら》いし勇気がいるものなんだよね」

「……わかります。私、それ……すごく、わかります」

私も同じだから。進んでいた道を、自ら放棄した人間だから。

叔父さんと私のそれとでは、細かな事情は異なるんだろう。

でも私も、実情を知らない周囲の人たちに——学校のクラスメイトに、あることないことを吹聴されてすごくすごく辛かった。

だから、叔父さんがどんな思いや覚悟で歩もうとしていた道を捨てたのかは、少しだけわかる気がした。

「そういう状況下でも、結二には捨てたりしなかったナニかがあった。だから、いろんなものを乗り越えられて、動画編集者として結果を残せたんじゃないかな」

そこが、私と叔父さんの違うところ。

自分の本音に蓋《ふた》をして、叔父さんが背中を押してくれないからなんて言い訳を用意して、挑戦する一歩を踏み出せないのが私だ。

恐怖心を前に立ちすくんじゃっている私にはない『強さ』を、叔父さんは持っている。

先の思いやられるＡＤさんだ、なんてイジってしまったけど、その実、やっぱり叔父さんは強い大人なんだなって思い知らされた。

「……絵里花ちゃんにも、そういうナニかが、あったりするんじゃない？」

「え？」

まるで心を見透かされたような気がして、私は弾《はじ》かれたように振り向いた。吸い寄せられるように、佐東さんと目が合ってしまう。

その瞳《ひとみ》は私ではなく、私の心の中にいるなにかを見つめている気がした。

佐東さんは黙して語らない。でも口ほどにものを言うのは、いつだってその人の目だ。

ああ、そうか。この人は多分、私のことを……。

私は、撮影中の叔父さんたちのほうへ向き直り、ポツリと漏らした。

「絶対に捨てなかったなにかって……」

「ん？」

「叔父さんが、絶対に捨てなかったものって……なんだったと思います？」

私の問いかけに、佐東さんは腕を組んで考え込み、

「わっかんない」

カラッとした笑顔で答えた。

「ですよね」

私も苦笑して返す。

それこそ、叔父さんに聞かなくちゃわからないことだ。教えてくれるかどうかはわからないけど。

ただ、でも――

私が捨ててなかったものはなんなのか。なぜ捨ててなかったのか。

それに改めて、向き合ってみよう。

叔父さんの背中を眺めながら、漠然《ばくぜん》と、そんなことを思った。

＊　＊　＊

初日の撮影は、瞬《また》く間に終わろうとしていた。

「――カット！　オッケーです、いまのいただきます！」

時間は十六時を少し過ぎた頃。

今日撮影する最後のカットをカメラに収めきった。

「それでは、今日の撮影は終了です！　お疲れさまでしたー！」

俺の号令に「お疲れさまでしたー！」と声を揃えた役者さんたちは、そのまま休憩所代わりの日陰のベンチに向かう。

役者さんが腰掛けると同時に、なつきがタオルや飲み物を渡してケアをする。今日は昼間の気温がぐんぐん上がり、ジッとしていても汗が止まらないほどだった。特に役者さんはふたりとも、カメラの前で日にさらされ続けていたし、大変だっただろう。

明日も変わらない陽気だって話だし、体調管理には気を使っていかないと。特に水分はこまめに補給しないと、熱中症待ったなしだ。

「お疲れさま、叔父さん。はいこれ」

ふとエリに声をかけられる。振り返ると、未開封のスポーツドリンクのペットボトルをこちらへ差し出していた。

お礼を言って受け取る。薄い膜のように付着していた水滴が、ひんやりと指ににじんだ。わざわざ新しく買ってきてくれたようだ。

キャップを開けて一口含む。汗をかいたあとは、やっぱうまいな。

「エリは大丈夫か？　暑い中、しんどかったろ」

「ありがと。でも大丈夫。見学に夢中だったし、日陰で休めてたし」

実際のところ、エリの手を借りないといけない瞬間というのはほとんど訪れなかった。

むしろこうして気を回して飲み物を補充してくれたり、なつきと一緒に役者さんのケアを手伝ってくれたりしてて、俺や弘孝から雑務をお願いする隙がなったたのだ。

「なんか今日の叔父さん、かっこいいね」

「……なんだよ、藪《やぶ》から棒に」

「現場でテキパキ動いてるのが、なんだか監督さんみたいだった」

「そうか……監督みたい、か」

そういや、俺が元々映画監督志望だったって、エリに話したことあったかな？

あったような気はするけど、エリ自身は覚えてないだろうな。

「まあ、さっき佐東さんに聞いたから、余計にそう感じたってのもあるけど」

「聞いた？」

「うん。叔父さんが映画監督志望だったってことと、助監督として働いてたこと。それ以外はなにもだけど」

「喋《しゃべ》ったのか、あいつ……」

当のなつきは、役者さんふたりと談笑しているところだった。

確か女優さんのほうとは友達だって言ってたから、積もる話でもあったんだろう。

「全然知らなかったよ。ずっと背中曲げて映像編集のお仕事ばかりしてるし」

「背中は曲がってないから」

……たぶん。すぐ腰に来るから、姿勢は意識しているし。

「だから今日みたいに、現場でキビキビ動いてカメラ回してるところ、結構かっこいいなって。

いわゆるギャップ萌《も》えってやつ？」

「今日日《きょうび》、『萌え』ってあまり聞かない気もするけどな」

「もう。褒《ほ》めてるのにいちいちうるさいな。叔父さんの世代に合わせてあげてるの」

そう頰《ほお》を膨らませたエリだが、続けて、真剣な目で俺を見つめた。

「……なんで映画監督じゃなくて、動画編集者になったの？」

「挫折《ざせつ》したからだよ」

俺は、正直に言葉を紡《つむ》いだ。

濁すこともなく、けれど、意識して柔らかく。

「監督業は俺に向いてなかったって、諦めたんだ。弘孝を見て」

自分のやりたいことと、自分にできること。それらが交わらなかったら、人は、決断をするしかない。

俺もそうだった。映画監督という志を同じくし、夢を語り合って切磋琢磨《せっさたくま》していたライバルがいた。でもそいつは、俺をあっさり置き去りにして鮮烈にデビューし、史上最年少で権威ある賞まで取った。

あの日、俺は、決断を迫られた。

「ちょうど俺自身、どっちに身を振るか考え始めてたときだったんだ。仕事でちょっと編集を手伝った動画が評価されたタイミングだったからさ。こっちなのかな？　でもやりたい夢だってあるしな……って。だから、弘孝のアカデミー賞受賞の話が、決心するキッカケだった」

いの一番にあの一報を聞けたのは、ある意味で幸運だったんだと思う。

ライバルだと思い込んでいた滑稽《こっけい》さを学び、無力感に打ちのめされ。

だからこそ未来に向き合い、自分を見つめ直し、決断するきっかけになったのだから。

「でも、やりたくないことをやってるつもりは微塵《みじん》もない。準備された素材をどう料理してやろうか……って考えるとワクワクするし、狙《ねら》い通りに編集できると嬉しくなる。動画編集の仕事は、いまでは天職だと思ってるよ。一歩退いた裏方役が、性に合っていたんだろうな」

そう、性に合っていた。適性があった。

だから続けられているし、結果も出せている。

決断するしかないって現実に苦悩したことは、もちろんある。

でもいまは、この選択でよかったと本心から思えていた。

『やりたいこと』は捨てたけど、『できること』を選んで結果を残すことができたから。

「こうして【サ行企画】の活動で弘孝をフォローするのも、同じ理由だよ。あいつの撮りたいものをすぐ側《そば》で共有できるワクワクと、俺が編集できるワクワクがあるから、楽しい」

それに、そうやって仕事を続けていれば、俺はまだまだこの業界に食らいついていける。

もし決断が逆だったら……俺は見るも無惨に腐って、映像業界からも離脱していただろう。

「……まあ、とかなんとか言いつつさ。結局、挫折したけど『映像クリエイター』としてはやっていきたい、って足掻《あが》いてるだけで、カッコ悪い嗤《わら》い話だから黙ってたんだよ」

自嘲《じちょう》気味に笑ってみせる。事実、そう捉《とら》える人もたくさんいるのは知っているから。

でも――

「そんなことないと思う。嗤いたい人は、嗤わせておけばいいんじゃないかな？」

エリは、言ってくれた。

「私は、叔父さんのその一歩退いた冷静な生き方、すごいなって思う。だって、逃げずに向き合って選んだってことでしょ？」

微笑《ほほえ》むエリに、俺は目を丸くした。

なぜだろう、と理由を探ろうと思ったけど、見つけるよりも先に、エリは呟《つぶや》く。

「……そっか。それが叔父さんの、捨てなかったもの……」

しみじみと頷《うなず》いたエリ。なにかをゆっくり、大事に飲み込むように。

「エリ？」

声をかけると、エリは「なんでもない」と首を振った。

でもそうやって浮かべた笑顔は、憑《つ》き物が落ちたかのような、晴れやかな笑顔だった。

＊　＊　＊

そして翌日も、同じく葛西《かさい》臨海公園での撮影が始まった。

晴れ渡った空の下は、正午を回ってからあっという間に気温が上がった。常に不快な汗が肌にまとわりつき、昨日の疲れも多少引きずっているのか休憩を取る回数が増えていた。

「昨日のうちにある程度巻けたからよかったけど、スピードは落ちてるな」

休憩中、弘孝は香盤表と睨《にら》めっこしながら、小さく息を漏らした。

「夏場のロケなんだし、想定内だろ。焦《あせ》ってもしかたないって」

スポーツドリンクを口に含むと、少しだけ温《ぬる》くなっていた。それでも、喉《のど》が潤うのは快感だ。

……むしろ、温い飲み物でも満足できるほど枯渇していたということかもしれないが。

「ま、結二の言う通りか。ペース的には、今日中にちゃんと終わる感じだしな」

「そうそう。ひとつずつ消化していこう。そんでさ、次のシーンなんだけど……」

弘孝にカット割りを見せつつ、カメラ位置や役者の立ち位置の確認をしていた、

――そのときだった。

「弘孝！　結二！　ちょっと来て！」

木陰で役者さんのケアをしていたなつきが、慌《あわ》てたような声を上げた。

彼女の側へ駆けつけると、その理由が瞬時に理解できた。

明らかに、女優さんの様子がおかしかったからだ。

「具合、よくないのか？」

俺が訊ねると、なつきは不安げに頷いた。

「軽い熱中症だと思う。立ち上がろうとしたら足がもつれて……汗も止まんないの」

「なっちゃん、大丈夫だから……。ただの立ちくらみ」

「それが熱中症の初期症状だって言ってんの」

なつきの声は、子供を優しく叱りつけているかのようだった。

女優さんの脇や首元には、ペットボトルや保冷剤が当てられていた。保冷剤は、エリがお弁当を入れてきたクーラーボックスのものだろう。

確かに息も荒く、顔色もよくない。仮に熱中症じゃないとしても、この気温の中で演技をお願いできる状態じゃない。彼女の命に関わる。

幸い俳優さんのほうは問題ないとのことで、彼の出るシーンは撮影続行できるが……。

「中止だな」

弘孝の決断は、早かった。

「とにかく、すぐにでも病院に行こう」

「大丈夫です、瀬戸さん。私、まだできます……」

「ダメだ。演者《えんじや》さんの体調が最優先だ。こっちの都合で無理をさせて、今後の活動に影響が出ようものなら、いち映画監督として申し訳が立たない」

弘孝が強く説得すると、さすがの女優さんも納得して、従ってくれた。

片付けなどは俺たちが受け持つことにして、女優さんはなつきの付き添いのもと、最小限の荷物だけを持たせて駅のほうへ向かわせた。

ふたりを見送り、残ったのはエリと俳優さん、そして俺たちだけ。

弘孝は小さく嘆息した。

「ああ言ってカッコつけたはいいけど……。どうすっかなぁ、マジで」

「納期、二十日だよな？　五日あれば編集は間に合わせられるから、中旬までに素材が揃えばなんとかなるけど……お前、中旬までで使える時間あるのか？」

「ないな。映画のプリプロ始まっちまう」

頭をガシガシかいていた弘孝は、ハッとなって俺を見た。

「結二は時間作れないか？　代わりに撮ってくれるとか」

「撮るのはできると思うけど、やっぱスケジュールが読めない。それに……」

一度は監督の道を退いた人間だ。

弘孝の補佐に徹するならともかく、自ら最前線に立って回せるとは思えなかった。

「あの……僕からもすみません」

俳優さんが怖《お》ず怖《お》ずと手を上げる。

「今日を逃すと、しばらく舞台の稽古《けいこ》が続くので……同じく厳しいです」

つまり、ここにいるみんなの都合を鑑《かんが》みても、今日中にすべてのシーンを撮影するしかないということだ。

「いまから脚本を変えるか？　記憶を失ったのは男のほうってことにして、ヒロインのシーンを削るとか」

「なつきの相談なしに進めるとイメージ崩れないか？　だいたい、ヒロインありきで撮ってるシーンは全部撮り直しだろ？　時間足りないって」

「くそ。それもそうだな」

「ヒロインなしのシーンだけ撮って、いまある素材も洗い出した上で、カット割りだけイジるのは？　ありもので組み立てられるなら素材は無駄にならない」

「そうだな、それだったら……いや、ダメだ。やっぱ、ヒロインがいなきゃ成立しない」

　弘孝は観念したように首を振る。

「次のカット70。これだけはどうしても、ヒロインの芝居が不可欠だ」

「……記憶を取り戻した瞬間の、ヒロインの振り返るシーン、か」

　今回のドラマ仕立てのＭＶでは、曲の構成や曲調の変化にシンクロさせたシーンが一部存在する。曲と映像のそれぞれで描かれるドラマを、リンクさせるための仕掛けだ。

　カット70はその中でも、ここまで積み上げてきた感情を一気に爆発させる、とびきりの肝になる瞬間だった。

　むしろカット70以外のシーンは、全部そのためのお膳立《ぜんだ》てとすら言える。

カット70がヒロインありきで撮影できないのなら、今回のMVは成立しない。描くべきものが描ききれずに終わってしまう。

「……ドラマ仕立てじゃない、ごく普通のMVだったら？　いまある素材だけでいけるか？」

「バンドを出さなくていいなら、もちろん。ありものの素材で演出考え直したり、コンテを切り直す必要はあるけど」

「それは俺も手伝う。なら、その線でいくしかないか」

弘孝はスマホを取り出した。

「……クライアントに事情を話す」

「やっぱ、妥協するしかない……か」

「ああ。こうなっちまったらしかたねぇ。妥協してでも、モノは完成させないと」

実際、弘孝の言う通りだ。

作品は、運用するにも発表するにも評価をもらうにも、モノがなければ話にならない。作り始めた以上は、どんな形であれ完成させなくてはいけないんだ。

たとえば雲の形ひとつにこだわって、求めていた画を撮りにいく頑《かたく》なな姿勢も、間違いなく正しい。

だがそのこだわりひとつのせいで、納期が遅れたり未完成で終わるのなら、それはクリエイターとして明らかな罪だ。

「……俺のスケジュール管理が甘かったよな。悪い、弘孝」

「なんでお前が謝るんだよ」

弘孝は大したことなさそうに笑ってくれるが、元はといえば、不測の事態をしっかりシミュレーションして対策できなかったミスでもある。

もう少し余裕のある日程を組めていたら、十分撮り直しは可能だったはずだ。

「ここにいる誰《だれ》もが忙しくて、なのにお前が中心になって擦り合わせてくれて、ようやく立てられたスケジュールだろ？　感謝こそすれ、責める理由なんて欠片《かけら》もないって」

弘孝はそう言ってくれるが……やっぱり、胸中にわく後悔を無視することはできなかった。

でも、もう、どうしようもない。

予期せぬ事態は、いつどんな現場でだって起こり得る。そんなのは慣れっこだ。そうなったときにやるべきは、過ぎたことよりもこれから先をどうするか考えることだ。

弘孝はそのための一手として、クライアントへ連絡を取ろうとしている。

なら俺も考えなくちゃいけない。

瞬時に新しいＭＶの全容をイメージし直して、必要そうなシーンを頭の中で洗い出す。

どう撮っていくべきかをシミュレーションして――

「――あの」

不意に聞こえてきた声に、ハッとさせられる。

振り返ると、声の主は――エリだった。

こちらをまっすぐ射貫いてくるような眼差《まなざ》しを、俺たちにぶつけていた。

「私に、やらせてもらえませんか？」

言葉の意味を理解するのに、ほんの一瞬、時間がかかってしまった。

「『楓』役、私に演じさせてください」

真剣なエリを見て、俺は言葉に詰まってしまった。

「絵里花ちゃん、本当に？　でも、前にあがり症だって言ってなかったっけ」

「あ、えっと……それならたぶん、なんとかなるかなって」

少しだけ慌てた様子で答え、エリは続けた。

「前に佐東さんも、キャラのイメージに合ってるって言ってましたよね。それに私、『楓』役の女優さんと髪型も似てましたし」

「まあ、それはその通りなんだけど……」

「だから、たぶん、代役はできると思うんです」

エリが代役を務めれば、確かに撮影は可能だろう。背格好も髪型も似ているし、なつきが置いていったボストンバッグには、替えの衣装だってある。

問題になるのは、

「だとしても、画が繫がるか?」

弘孝の言う通り、いくら背格好や髪型が似ているとは言え、顔が違うのは一目瞭然だ。

メイクで多少誤魔化《ごまか》すことはできるかもしれないが、限界はある。そもそも、いま現在メイクを施せる人間がここにいない。

いままでに撮った中で顔の映っている映像は、エリが代役として出演するなら撮り直しが必要になる。『撮影は可能』とはそういう意味でだ。いまある素材は、普通使えない。

「……いや」

そう——

普通に、そのまま使おうとしたなら、

「エフェクトでうまく誤魔化そう」

俺は脳裏で、完パケの動画を瞬時に思い描いていく。

「ここまでに撮ったシーンは、顔を隠せばいい。ぐじゃぐじゃに書き殴った線とか、大きなバッテンとか、ハレーションとか、作風にあったエフェクト使ってな。そして、エリが代わりに映るシーン——つまり『楓』が記憶を取り戻して振り返る瞬間に、そのエフェクトを剝《は》がし、顔が鮮明に映るような演出にするんだ」

脳裏に浮かんだ完パケ映像とその表現を、早口に説明する。

弘孝の表情がパッと明るくなる。

「なるほど。記憶をなくしているからこそ、自分が誰だかよくわからない。『顔が鮮明に映っていない』のはその暗喩《あんゆ》、って演出にするのか」

「ああ。それなら、途中で役者が変わったとしても、違和感なく繋げられる」

「さすが現役エディター、頼りになる！　よし、その演出で進めよう！」

画の違和感はこれで回避できる。それは間違いない。

けど、まだもうひとつ、大きな問題が残っている。

「弘孝、悪い。五分だけ、ちょっと時間もらえるか？」

「あ？　いいけど、どうした？」

「エリと話しておきたいことがあるんだ」

エリのほうを見ると、彼女は真剣な目で俺を見つめていた。

「……ほら、高校生だし顔も出すわけだろ？　本当にそれでもいいのか、親族としては確認しておきたいからさ」

「それもそうだよな。オッケー、準備して待ってるわ」

快《こころよ》く納得してくれた弘孝に、嘘《うそ》をついた罪悪感を多少抱きつつ。

俺はエリを連れて、少し離れた場所に移動した。

ここなら、余計な話が弘孝に聞かれることもないだろう。

「叔父さん。私なら大丈夫だよ」

完全に先手を打たれてしまった。俺がなにかを言うより先に、エリは笑みを浮かべた。

「ブランクあるし、うまくできるかはわからないけど。代わりを務めるぐらいなら大丈夫」

「でもお前、前は出演できないって……」

またお芝居をしてみたい、という本心。

まだお芝居に抵抗がある、という本音。

ふたつの思いがせめぎ合った結果、エリは一度、出演を断った。

あれはエリにとって、正しい選択だったと思う。怖いのなら、その気持ちに素直でいい。

そしてそれは、いまだって一緒だ。

「エリが無理する必要はないんだぞ。出演するにしても、こんないきなりじゃなく、もっと準備してからでも遅くない。それに、身バレするリスクだって……」

「準備ならしてきたよ。最初に出演を断ったときから、ずっと」

俺の目をまっすぐ見据えて、エリは続けた。

「本音に蓋してただけって気づいて、なのにせっかくの機会を無駄にして、本当によかったのかなってずっと考えてた。勇気が出なかったからとか、怖かったからとか、それから……とにかく、いろんなことを理由に断ったのを、それでよかったのかなってずうっと考えてた」

「……エリ」

「叔父さんは尊重するって言ってくれたし、私だって、間違ってなかったって思ってるよ。でも、昨日気づいちゃったんだ」

エリは、自分の胸にそっと手を当てた。

「ずっとずっと捨てずにいた――捨ててなかったんだって気づいたコレには、もう、目を背けちゃいけないんだろうなって」

エリの言うコレ……それはきっと、彼女の胸の奥にしまい続けていた、芝井《しばい》絵里花のもうひとつの名前のことだ。

「それに気づいたきっかけは、叔父さんなんだよ」

「俺？」

「うん。昨日の叔父さんを見てたら、なんだか自然に答えは決まっちゃったの」

エリはスゥッと大きく息を吸い込んで、

「私、またお芝居をしてみたい」

その揺るがない眼差しに、確かな覚悟を見た気がした。

「だから、私にやらせて……叔父さん」

エリの――あるいは彼女の中で眠っていた、花澤可憐《はなざわかれん》の覚悟を。

どうするのが正解なのだろう。どうするのがエリのためになるのだろう。

家族として、叔父として……エリにしてあげられる最善の選択はなんなのだろう。

一瞬の間に何度も何度も自問した。選択の末に待っているかもしれない仄暗い未来も、明るい未来も。あらゆる可能性を垣間見《かいまみ》た気がする。

でもそんな、起こるかどうかもわからない不確定な未来を憂うより。

――ただ俺は、俺の勝手な思い込みで、エリを縛りたくないだけだから。

――エリがもしまた、芝居をしたいなら、その意志を尊重するしサポートもする。

観念と決意を込めて、短くため息をついた。

「この台本、カットの構図と演技についてのメモが書いてある」

俺の持っていた台本を、エリに差し出した。

「叔父さん……」

「カメリハする前に、弘孝と芝居の確認をする。そのメモ書きがあれば、エリなら役を摑《つか》めると思う」

エリの言葉と一緒に、揺るがない覚悟を受け取った。

なのに彼女の邪魔をするような叔父では、在りたくない。

「弘孝んところに戻るぞ――撮影再開だ」

「うん!」

＊　＊　＊

話はつけてきたことを弘孝に説明すると、俺たちはさっそく撮影再開の準備を進めた。

エリは衣装へ着替えるため、近くの公衆トイレへ向かった。なつきの置いていったボストンバッグに予備の衣装が入ってることは事前に知っていたので、それを拝借することにした。広げて体へ当てた感じ、サイズも問題なさそうだったから一安心だ。

そうして、五分ほどが経過した。

いつでも演技指導とカメリハができるよう準備万端にしたところで、エリが戻ってきた。

「どうかな、叔父さん」

純白のワンピースに身を包んだエリが、その姿を見せつけるように立つ。

長身でスレンダーな佇《たたず》まいは、言われなければ女子高生――十五歳とわからないほど大人びて見えた。凛《りん》とした清楚な雰囲気は、どこまでも清廉潔白な花のように思えた。

陽光に照らされた髪は、風に触れると柔らかく広がり、その一本一本に光を纏《まと》わせる。そっと手で押さえるその仕草《しぐさ》と、不意に形作られたアンニュイな唇が、さらに少女とはかけ離れた像を結ぶ。

親族として――叔父として気持ち悪いのを承知で言う。

正直、見とれてしまうレベルの美しさだった。

「……こりゃ、とんでもない逸材だな」

隣の弘孝も、同じような感想を抱いていたのだろう。

時間を忘れたかのようにゆったりと、感嘆《かんたん》の息を漏らした。

「ありがとうございます。それで、叔父さん的にはどう？」

「え？　あ、ああ……すごい似合ってるし、きれいだ。いい画が撮れそうだ」

「そっ？　よかった」

エリは子供っぽくにししと笑う。そのあどけなさに、俺はどこか安堵《あんど》していた。

その後、三人でこれから撮るカット70――『記憶を取り戻した少女が振り返る』シーンの芝居や動きの確認、そしてリハを進めることになった。

そこで驚いたのは、演出側の意図を瞬時に把握する、エリの飲み込みの早さだ。

さすがは元天才子役。少なくともこの時点では、ブランクなど感じさせない。芝居に対して真摯《しんし》に向き合う役者の風格があった。

でも弘孝は、その真実を知らない。エリの要望で、彼女の過去については伏せていた。

芝居の世界に戻る覚悟はしたが、本調子じゃない状態で『花澤可憐』を名乗るのは、彼女やその名をつけてくれた姉貴に対して申し訳ないからだという。

エリの考えについて異論はなかった。「実は中学の文化祭で演劇を少しかじった経験がある。でもあがり症とわかったため、以降は芝居から距離を置いた」という設定を追加し、俺も話を合わせることにしたのだ。

「他に役柄や芝居について、質問とかあるかな?」

一通りの説明をしたあと、弘孝は問うた。エリは少しだけ思案してから、

「『楓』さんの、なによりも好きなものと、なによりも嫌いなものを教えてくれますか?」

「好きなものと、嫌いなもの?」

「はい。あと、どんなことが一番許せないのか……逆に、どんなことに一番喜びを感じるのか。それが知りたいです」

エリの質問に一瞬たじろいだ弘孝だが、すぐに目の色を変え、ニヤリと口角を上げた。エリからの思わぬ問いに、彼のプロとしてのスイッチがバチッと入ったのがわかった。

「……なるほど。オーケー。この子はね……」

その姿を横で見ながら、やっぱりエリは、生粋《きっすい》の役者なんだなと感じた。

キャラクターのどんな些細《ささい》な情報でも拾い上げ、実在する人間のレベルにまで作り上げる。このディテールの積み重ねの精密さこそ、憑依《ひょうい》型の極みたる所以《ゆえん》なのだろう。

弘孝からの説明を一通り受けたエリは、台本を持ったままゆっくりと目を閉じる。時々、唇がわずかに動いていた。台詞《せりふ》のない芝居だからなにを言っているのか気にはなったが、音は聞き取れない。

エリなりの集中法、ルーティンなんだろうと思った。目を閉じて外からの情報を遮断《しゃだん》し、心

の内のキャラクターと向き合う時間。それを経ることで、エリはキャラクターを自身に憑依させることができるのだろう。

やがてエリは、短く息を吐いた。ゆっくりと瞼《まぶた》が持ち上がる。

瞳の色が、変わっている。そんな気がした。

もちろんただの比喩《ひゆ》的表現だ。けど素直にそんな感想を抱いたほど、瞳の雰囲気からすでに、別人になっているように思えた。

「……いけるのか、エリ？」

俺の問いかけにエリは……いや『楓』は、俺と目を合わせて頷いた。

儚《はかな》げなまなざしの奥に、確かに、ヒロインの存在を感じた。

「わかった。進めよう、弘孝」

弘孝は、ビクッと肩を揺らした。

もしかしたら弘孝も、エリの変貌《へんぼう》ぶりを見て呆気《あっけ》にとられていたのかもしれない。

「お、おう」

返事をすると、慌ててカメラの準備を始めた。

いよいよ、本番が始まる――

「それじゃあ本番行くよ！　肩の力抜いて、まずは絵里花ちゃんの思ったまま演じてみて。そのあとでゆっくり擦り合わせていこう！」

スタンバったカメラの備え付けモニターを見ながら、弘孝が声を張る。

レンズの先には、エリが背を向けて立っていた。緑の多い開けた空間に、純白のワンピースを纏った少女がひとり。レンズ越しにも、凜とした佇まいが伝わってくる。

「それじゃあ、いくよ！　よーい……はいっ！」

弘孝のキューが飛ぶ。モニターを見ながら、エリが動き出すのを待つ。

彼女の動きに合わせてカメラをドリーインさせる。タイミングは役者合わせだ。エリの一挙手一投足に集中し、じりじりと日に焼かれながら待つ。

「……芝居が飛んだか？」

弘孝が不安げに呟く。その可能性はあった。なにせ芝居は五年以上ぶり。しかも遠ざかった原因が原因だ。いくら一世を風靡《ふうび》した天才子役と言えど、簡単に勘は取り戻せないだろう。

だから、待つ。俺たちは、信じて待つだけ――

そのとき。

微《かす》かに、エリの足が動いた。

いまだ、と思ったときには、俺と弘孝も早足でエリへ近づいていた。

このまま振り返って、少女は遠くの空を見る。唐突に記憶を呼び起こさせた音色。潮風と共に届いたその音の在処《ありか》を探る。

戸惑いと焦燥感、記憶を失っていた罪悪感、そしてなによりも、喜び。

せき止められていたあらゆる感情が雪崩《なだれ》のようにあふれかえり、少女は駆け出す——


——はずだった。

振り返る途中、エリは膝《ひざ》から崩れるように座り込んでしまった。まるで、突然糸が切れたかのように。

「エリっ」

カメラを弘孝に持たせ、俺はエリの側へ駆け寄った。

「エリ、大丈夫か?」

肩に触れる。荒々しく上下していた。でもそれだけじゃない。わずかに震えてもいた。

「……あ、あはは……。急に、力抜けちゃった」

エリは困ったように笑う。その顔色は、お世辞にもいいとは言えない。

「で、でも大丈夫!　まだできるよ。すぐ整えられるから」

エリは立ち上がると、ワンピースの裾《すそ》をはたいて汚れを落とす。

「瀬戸さん、もう一回お願いします!」

自ら最初の立ち位置へ戻るエリ。

その様子を見届けてから弘孝のほうを見ると、彼もどこか困惑しているような目をしていた。

でも本人ができるというのだから、いまはまだそれを信じよう。

無言でうなずき合い、俺たちは再び、撮影再開の準備を始めた。


だが案の定、撮影は難航した。

エリはカメラが回っても動き出せない……あるいは動き出せても途中で足を止めてしまう。

テイクを重ねるごとにエリの息は荒くなり、顔色も悪くなっている気がした。

エリにとって『演じる』ことは、トラウマに向き合うことと同義。その恐怖心に無理矢理抗《あらが》おうとしては負けてしまい、精神的に追い詰められているのかもしれない。

痛々しい。でも、克服しようとしているエリを尊重し、見守ると決めた。いまここで手を差し伸べたら、ただずっと苦痛を味わわせてきただけで終わってしまう。

見守るしかない。そう自分に言い聞かせ、迎えた七テイク目。

「本番！　よーい——はいっ！」

何度もテイクを重ねたことで、俺の足はもう、カメラの動きを完全に把握できている。運動不足が祟《たた》ったのか、回を重ねるごとに重くなっている気がするが、まだ粘れる。

それに、あとはエリの芝居を——楓の姿を収めるだけなんだ。意地でも動かせ。

エリの体が動いた。芝居が始まる。俺も弘孝も、距離を詰める。

……だが。

「――あっ」

微かに息を漏らし、エリはまたしても、膝から崩れ落ちてしまう。

演じることの恐怖心に抗い、心をすり減らしてでも、エリは楓になりきってカット70を演じきろうとしている。

けど――もう、これが限界なんじゃないか？

地べたにへたり込んだエリは、両手までつかないと体を支えられないほど弱々しい。

痛む心を落ち着かせながら、俺はエリの元へと歩み寄った。

「……いまね、全部の記憶が飛んじゃってた」

エリの肩へ、そっと手を置く。彼女は、消え入りそうな声を漏らした。

「『楓』に呑《の》まれたかと思った……。ほんの一瞬だけど、本当に……本当になにも思い出せなくなっちゃって……それがすごく怖くて、とても哀《かな》しくて……」

憑依型の芝居――それは、そのキャラを深く理解し、なりきる演技。

人格も、記憶も、仕草もなにもかも。深く潜れば潜るほど憑依は強くなり、その影響も色濃くなっていく。

『楓』になりきった結果、エリは擬似的な記憶喪失に陥《おちい》ったのかもしれない。

たかだか芝居でそんなことが起こり得るのか？　と誰もが思うような話だ。

でも現実に、役柄に引っ張られて精神に影響を及ぼす例は枚挙に暇《いとま》がない。

ことエリは、それが過敏なのだ。だからこそ憑依型の極みと称され――そして悪影響も強く受けてしまう。

「……叔父さんのことも、忘れそうになってた」

エリの声は、震えていた。

なんて声をかけてあげるべきか迷いながら、彼女の肩をさする。

「止《や》めておくか？」

エリは答えない。俺はゆっくりと言葉を紡ぐ。

「覚悟を決めたエリはすごいよ。大したもんだ。俺もそれを全力で肯定して、支えてあげたい。でもだからこそ、いまじゃなくてもいいと思う」

ふと脳裏を過《よぎ》る。俺が助監督……それもサードという下っ端だった頃。

ろくに家にも帰れず、先輩に理不尽な叱咤《しった》を受け、心をすり減らし、泣きながら現場を駆けずり回って……。

でも結局、俺なんかじゃ到底、登り切ることはできないと悟ったあの日のことを。

「ゆっくり時間をかけて、演じられるようになればいい。今日を乗り越える以外にも、探せば方法はいくらでもある。ＭＶのことは、気にしなくていいから」

あの頃、理不尽に耐えることに意味はあるのか？　と何度も考えた。

自暴自棄にもなった。いっそのこと、業界人としての自分を、殺そうとすら。

けどそれでも、捨てきれない思いがあった。しがみつきたかったんだ。

だから俺は、逃げることを決断したんだ。似て非なる、いまの道へ。

「じゃないとエリは、今度こそ演じることを、嫌いになる」

映像作品という、俺を救ってくれたこの世界を——俺は嫌いになりたくなかったから。

「好きで居続けるためにも、ときには逃げたっていいんだぞ」

芝居が好きなのに、怖い。

そんなジレンマに苛《さいな》まれているエリを見るのが、辛かったのかもしれない。

かつての俺とも重なる。だからこそ余計に胸が痛み……わずかに声が震えてしまっていた。

「……ありがとう。確かに、叔父さんの言う通りかもしれないね」

諦念《ていねん》めいたような声音だった。

いつの間にか、肩の震えも消えている。

「今日はもう逃げちゃって……別のやり方を見つけてもいいかもしれない。やっぱ、お芝居を嫌いにはなりたくないもん」

立ち上がろうとするエリから手を離す。

重い腰を持ち上げたエリは——俺をまっすぐ見据えた。

「でもね、もう、私は逃げたくないの」

強い眼差しだと思った。

これが本当に、十五歳の瞳なのかと感じるほどに。

「最初に役者を辞めるって決めたときと、MVの出演を断ったとき……二回も私は逃げちゃった。だからもう、逃げない」

「エリ……」

「二回も逃げて、それでもやっぱり、やってみたいって気持ちは変わらなかった。ならそれは、なにがあっても『嫌い』にならないって確信してるから」

そして、まっすぐに俺を見つめて、こうも続けた。

「私は叔父さんみたいに、逃げずに向き合える人で在りたい」

……ああ、そういうことか。

昨日、俺がエリの言葉に目を丸くした理由が、ようやくわかった。

どんな言葉で取り繕《つくろ》ったところで、結局俺は、挫折を理由にやりたいことから逃げただけと卑下《ひげ》していた。『自分だからこそできる』ってことを見つけ、結果を残し続けてきても、心の奥底では常に自己否定を抱えていた。

でもエリの目には、そうは映っていない。エリにとって俺は、冷静に決断して結果を出した大人として見えているんだ。

だからこんなにもまっすぐな瞳で、「逃げずに向き合った」なんて言ってくれたのか。

買いかぶりすぎだと、正直に言おうと思った。エリの目の前にいるこの男は、エリの思うような立派な人間じゃないんだ、と。

でも、ダメだった。

ああ、俺は本当に、格好悪い。

だってエリのその一言に、救われてしまったんだから――

「あっ」

吐息のような声が、エリの口から溢《あふ》れた。

俺は無意識に、エリのことを抱き寄せていた。

その肩は想像していた以上に小さくて。

その体軀《たいく》は思っていた以上に脆《もろ》そうで。

大事に大事に触れないと崩れるんじゃないかと思うほど、いたいけな少女なのに。

「強い子だな、エリは」

十五歳の彼女は、俺みたいに逃げようとはしない。

その強《したた》かさが、叔父として誇らしくて。

ひとりの人間として、心から尊敬した。

「俺なんかよりずっと、強い子だ」

俺の背中に、エリの手が触れた。

「……でもね、叔父さん」

服をキュッと摑み、身を寄せる。

「私が強くいられるのは、叔父さんが約束してくれたから……だよ」

甘えたがりの子供のように、俺の胸に顔を埋めた。

「私の見つけた夢を全部応援してくれるって。約束、してくれたでしょ?」

――見つかったとき、叔父さんは応援してくれる?

――もちろん。エリが見つけた目標や、目指したい夢は、全部応援するよ。

「すぐ側で叔父さんが応援してくれるから、私はがんばれるんだよ」

「そうか……」

自分の選択が、エリを傷つけて終わるのではないか。

その考え自体が、エリの束縛に繋がるのではないか。

俺の行動は叔父として正しいのか……その迷いに対する答えを、もらえた気がした。

「……ありがとう、エリ」

そう、思わず声に出してしまっていた。

「ぷっ。なんで叔父さんが『ありがとう』なの?」

「それは、なんというか……」

「それに、さすがにそろそろ恥ずかしいんだけど？」

「ああ、ごめん」

エリを解放すると、彼女は照れくさそうに頰をかいた。

「こんなふうにギュッとされるの、何年ぶりだろうね」

てへへ、と笑ってから、エリは気持ちを切り替えるように深呼吸する。

「……私、演じきれるよ。叔父さんに見ててほしい。今日も、これからも、ずっと……」

さすがにここまで大丈夫と言い張り、まっすぐ見つめられたら、俺はもうエリを信じるしかないと観念した。

「わかった。エリの本番のお芝居、楽しみにしてる」

「うん」

エリが大きく頷いたのを確認して、俺は弘孝の元へ戻る。

すでに収録再開の準備は整っていた。

「大丈夫なのか？」

俺は頷いて答える。弘孝は他になにも言わず、すぐにスイッチを切り替えた。

「それじゃあカット70、テイク8いくよ！　ＯＫ⁉」

弘孝の呼びかけに、エリはゆったりと深呼吸をしてから、

「――お願いします」

いつもより、気持ち低く落ち着いた声音。

エリではない何者かが入っているのを感じる。

準備は整った。あとは、芝居をやりきるだけ。

俺は、じわりと汗のにじむ手を、グッと締めた。

「よーい……はい！」

そして、キューがかかった――

＊　＊　＊

キューがかかると同時に、私の体は深く、深く沈んでいく。

私と『楓』の境界線が、曖昧《あいまい》に混ざっていく。

演じるとはそういうこと……幼い頃から私は、そう認識していた。

自分自身を見失い、もがき、抗い。

ゆっくりと役に溺《おぼ》れ、呑まれていくもの……それがお芝居だって。

右も左も、上も下も、前も後ろもわからない、真っ暗な世界。

そこでは、私が私であるという確証なんて見つからない。

なだれ込んでくるのは、ただ、演じるキャラクターの情報。その子の人生の軌跡だけ。

暗闇《くらやみ》に支配されていた世界を満たすその情報だけが、唯一無二のよりどころになって。

そしてやがて、私自身になる。

怪我《けが》をした記憶があれば体が痛み、親と死別していればその悲しみに打ちひしがれ、襲われた経験があれば恐怖で足がすくんだ。

記憶にない記憶が無二の真実となり、それを疑えないことを怖いとも感じた。

演じるとはそういうこと。

――だった。
でももう、いまは違う。
光が差し込む。私を包み込んでくれた人肌のように、暖かい。
どんなに深く『役』に沈んでも、けっして消えることのないその体温が示してくれる。
私は楓。
私は花澤可憐。
そして私は、
芝井絵里花だって、示してくれる――

＊　＊　＊

エリの足が、わずかに動いた。

すかさずドリーインする。

寄りすぎればエリの姿が見切れてしまう。役者の動きに合わせて、フレームに収まる範囲を狙い定める。

だがビビって寄り切れなければ、無駄なカットになってしまう。

緊張感の走る一瞬。エリにとっても、それは同じはずだ。

テイク8。正直、これ以上カット70に時間を割くことは厳しい。あえてそれをエリに伝えなかったのは、余計なプレッシャーを与えないためだ。

これでダメなら……そんな不安が過る。

でもすぐに振り払った。ダメじゃない。ダメになんかならない。

エリは逃げなかったんだ。ダメになんてさせない。

なんとしてでも、エリの最高の演技をカメラに収めるんだ。

エリの体がこちらを向く。世界が一秒より、さらに細かく刻まれていく。1フレーム、二十四分の一秒の世界。この刹那《せつな》を逃してなるものか。

カメラをティルトする。エリの表情を、瞳を、髪の毛一本の動きさえも収めるために、一挙手一投足に神経を集中させる。瞬《まばた》きひとつ、する暇などない。

エリの表情が見えた。振り向く途中。あとを追う髪が、生きているかのようになびく。

正面を捉えるまで、あと三分の一。エリが、可憐が、楓が、息を呑む。

記憶を呼び起こす音を聞いた瞬間。逸《はや》る気持ちが、全身を突き動かす。

――そして。

楓《エリ》は振り向いた。涙を、、、流して。

「――――っ」

台本にはない涙を流す姿に、息をするのも忘れてしまった。

ディスプレイに映る彼女の姿に、目が離せなくなっていた。

記憶を呼び起こしてくれたその微かな音色を、楓は必死に探している。

喜びと焦燥感と罪悪感……それらが複合した、言葉では定義しきれない感情を、目に溢れさせ頬に流しながら。

そうして、停《と》まっていた少女の秒針は、動き出した――

……完璧《かんぺき》な芝居を見た。
いや、芝居などではなかったんだろう。
現実に、実際に、楓は目の前にいた。
可憐は――エリはこの瞬間、確かに『楓』だったんだから。
五年のときを経て、エリはやってのけた。
堅い蛹《さなぎ》を突き破ったんだ。
自らの意志と、行動で。
「カーット！　ＯＫです!!」
彼女が捨てずにいたソレが、大きく鮮やかに、羽を広げた瞬間だった――

第十二章　羽化した少女の歩む道

撮影を終えて自宅へ帰宅した、その日の深夜。

最低限の間接照明をつけただけの、薄暗いリビングの一角。

デスクトップPCの前に座り、俺《おれ》は昨日今日で撮影したMVのオフライン編集——いわゆる仮編集をしていた。

帰宅してすぐ素材を取り込み、台本にメモ書きしていたカット割りに沿って繋《つな》いでいく。細かい秒数の確認や音源とのシンクは、まだ取らない。

そうしていくつものカットを手早く繋ぐ作業は、本来ならさほど時間はかからない。今回の撮影は、カット数こそ多いがほぼ順撮りだったし、そのままタイムラインに流し込んでいけば勝手に繋がる。

でも俺は、さっきから同じカットをずっと再生していた。何度も何度も、スペースキーを打鍵《だけん》して。

カット70。

鳥肌の立つカットだった。まさに、このMVの要《かなめ》にふさわしい。

振り向いたのと同時、様々な感情の渦に呑《の》まれながらも『楓《かえで》』は記憶を取り戻し、失っていたものを再び手にして、少女から女性に羽化する。

そんな、言葉では抽象的にしか語れない芝居にも拘《かか》わらず、エリは完璧《かんぺき》なまでに演じきった。

アドリブで流した涙が、彼女がいかに楓そのものであったかを物語っている。

弘孝《ひろたか》も、それを絶賛していた。

「十五歳でこの芝居ができるのは、普通じゃないぞ。なんなんだ、あの子……」

カメラを向ければ、そこに楓がいる。楓のいる風景を、切り取ることができる。

それを撮り逃すまいと、一時たりとも手放さずにカメラを回し続けた弘孝からは、映画監督としての執念……いや、狂気めいたものすら感じたほどだ。

「悔しいなぁ。あの女優さんには申し訳ないけどさ、時間さえあったら絵里花《えりか》ちゃんで全カット撮り直してたわ」

誰《だれ》もいないところで俺にだけ漏《も》らした本音は、いまでも耳の奥に張り付いている。

だが、弘孝にそうまで言わしめたシーンを繰り返し見ている理由は、他《ほか》にもある。

ディスプレイに映し出されるエリが、俺の知らない表情をしていたからだ。

「……こんな顔、できるようになったんだな。エリのやつ」

楓を演じる過程で見せた、女性への羽化の瞬間。それは、比喩《ひゆ》でもなんでもない。

このカットに収まっているエリの表情は――まさしく、大人の女性のそれなのだ。

確かにエリは、元々かわいいと美人の中間な顔立ちで、大人びてはいた。

それでも俺の前では、無邪気な十五歳の姪っ子だった。

にも拘わらず、その認識が覆されるほど、ディスプレイ上で繰り返し再生されている彼女は、俺の知らない女性にしか見えなかった。

――けれど、いま思えば。

初めてうちに来たときに見た、しなやかな足の曲線美も。

キャミソールとは別に主張していた、あの肩紐《かたひも》の存在も。

その無防備な姿が浮き彫りにした、女性特有の膨らみも。

数年ぶりに手を握られてわかった、指の細さと温《ぬく》もりも。

すべてが、俺の知っている子供の頃《ころ》のエリとは、明らかに違っていた。

いままで気づかぬふりをしていたか、見て見ぬ振りをしていただけか……ともかく俺は、エリとの交流の端々《はしばし》で、確かにあの子の成長を感じ取っていたんだ。

今日に限った話ではなく、本当はもっと以前から、エリが羽化していることに――

「……だから、なんだって言うんだ」

自嘲《じちょう》気味に漏らし、かぶりを振る。雑念を払い除けるように。

よく知らないが、女の子は男なんかよりもうんと早く垢抜《あかぬ》けて、大人っぽくなると聞く。なまじ元が大人っぽいエリだから、余計に色濃く感じているだけだろう。

かわいい姪の急な成長を目の当《まあ》たりにしたから、戸惑っているんだ。そうに決まっている。時間は深夜一時を回っていた。俺もそろそろ寝るとしよう。続きはまた明日だな。今日はもう、これ以上作業が進む気配を感じない。

ワーキングチェアを軋《きし》ませて立ち上がると、冷蔵庫からハイボールの缶を取り出してプルタブを開ける。喉《のど》に流し込みながら廊下に出て、寝室へと向かった。

音を立てないよう、寝室のドアをそっと開ける。カーテンの隙間《すきま》から差し込む薄明かりに、ベッドが縁取られていた。

その中央は盛り上がり、微《かす》かにゆったりと上下動を繰り返している。

どうやらぐっすり眠っているらしい。

側《そば》まで近づいて、その寝顔を見下ろす。

エリが、静かな寝息を立てていた。

やっぱり、こうして無防備な姿を見ると、まだまだこの子は子供だ。

ちょっと大人っぽく見えるだけの、かわいいかわいい、十五歳の姪っ子だ。


――あのあと撮影は順調に進み、無事クランクアップとなった。

病院に連れて行った女優さんも大事には至らず、撮り漏らしもなく、二日間で全カットを撮り終えることができた。

だが最後のカットを取り終えた直後、エリはそのまま地べたにへたり込んでしまった。ちょっと疲れただけ、と笑ってみせる余裕はあったが、実際、言葉の通り疲れていたんだろう。あとは、極度の緊張から一気に解放されたのも理由のうちか。

ともあれ、疲労困憊《こんぱい》になっていたエリを家へ送ることになったのだが、今日は姉貴の帰宅が日付を跨《また》ぐとのことだった。

俺も作業が控えていたから、その間姉貴の家で待っているわけにもいかず。でもエリを放っておくこともできなかったので、翌日の登校に必要な荷物だけを持って、今日は自宅に泊めさせることになったのだ。

『あの子が、また芝居……ねぇ』

エリを寝室で寝かせたあと、俺は今日あったことを姉貴に伝えた。仕事の休憩中だった姉貴が、電話に出てまず口にしたのが、そんなため息交じりの一言だった。

「ごめん。やっぱり、止めるべきだった……かな」

『そんなふうに言うぐらいなら最初から止めてほしかった、って気持ちはあるかな。あたしはあんた以上に、絵里花がまた芝居をすることには反対だったから』

姉貴の語調は、責めるでもなく咎《とが》めるでもなく、といった感じだった。

ただ、嘘偽《うそいつわ》りのない本心なのは痛いほどわかった。

エリが苦しい思いをしていたとき、姉貴も同じように苦しい思いをしていた。『花澤可憐《はなざわかれん》』

を授《さず》けたことに後悔したことも、きっと一度や二度じゃきかないはず。

なのにエリは、自分の意志でとは言え、また芝居の世界に足を突っ込んだ。

同じ轍《てつ》を踏んでしまわないかって、不安に感じているんだろう。

『あたしは、どうするのが正解なんだろうね』

愚痴《ぐち》るように漏らして、姉貴は続けた。

『一人娘として尊重してやりたい。でもあたしはあんたみたいに、ドライには割り切れない。もちろん、束縛するつもりだって禁止する権利だってないのもわかってる』

「……でも、心配なんだよな」

沈黙。でもそれが、肯定しているようなものだと感じた。

「なら、素直にそう伝えればいい……んじゃないか?」

一拍おいて、俺は二の句を継ぐ。

「束縛も禁止もしない。自由にしたらいい。でも、親としてすごく心配しているよって」

逆に言えば。

意志の固まっているエリに対して、それ以外のことはできないと思う。

それに、しちゃいけないんだろうな、とも。

『まさか、子供はおろか彼女もいないような引きこもりの弟に、諭されるとはね』

「引きこもりはいま関係ないだろ」

『彼女いない扱いは気にしないとか、ウケる』

「……事実だから甘んじて受け止めただけだ」

『引きこもりだって事実みたいなもんじゃん。……まあ、ともかく』

姉貴は短く嘆息《たんそく》した。

『実際、結二《ゆうじ》の言う通りかも。絵里花が自分で決めたんだから、好きにさせるしかないんだろうね。明日、改めて話してみるよ……ただ』

少しだけ語気を強めた。

『たぶん絵里花はこれからも、あんたのやってる、えっと……【サ行企画】？　とかいう活動で、世話になるんだと思う。絵里花が将来的に役者をやりたいのか、趣味の範囲で活動したいだけなのかは知らないけど。だからこそ、これだけは言っておくよ』

そうして続いた言葉は、ゾクリと背中を震わせる、けれど母親として至極まっとうな感情を孕《はら》んでいた。

『愛娘《まなむすめ》になにかあったら、いくらあんたでも、ぶっ殺すからね』

……『ぶっ殺す』とは、なんともまあ物騒な物言いだなと、そのときは思った。でも、紆余《うよ》曲折を経たあの姉貴だからこその言葉なんだろう。だいたい、昔から口は悪かったし。

それに、エリを守ってあげたい気持ちは俺も同じだ。こうして安らかに眠っているエリを見ていると、より強くそう感じる。


——エリは、かわいいかわいいかわいい、俺の姪だ。

明るくて、ときに甘え癖《ぐせ》があって、でもしっかり者で。

料理をはじめ、家事はどれもこれも驚くほどスキルが高くて。

ちょっと生意気なところはあるけど、普段はとても素直ないい子で。

まだまだ十五歳の少女という危うさと、あどけなさを兼ね備え。

けど不意に、大人の女性然とした美貌《びぼう》を垣間見《かいまみ》せることもある、なりたての女子高生。

この子の十五年を、ずっとではないにせよ、俺は近くで見守ってきた。

だからこそ、日々の些細《ささい》な成長が嬉《うれ》しくもあり——少しだけ寂《さび》しくもある。

今日の芝居を見て、その感情を、より明確に自覚した。

だってそうだろう。成長すればエリは、いずれはここを去る。いくら本人が俺とずっと一緒にいたい、なんて言ったところで、叔父と姪はずっと一緒にはいられない。

歳《とし》を重ね高校を卒業し、大学へ進学し、成人して卒業し、就職……するのか役者の道に進むのかはともかく。そうやって徐々に、叔父である俺との関係は希薄になっていく。

それを寂しいと思うのは自然なことだろう。いくら三親等の親戚《しんせき》だとしても、だ。

でも……そうなっていくべきなんだ。エリのことを思えば。

この半同居生活が始まったときから、それはわかっていたことのはず。受け入れていた事実のはず。

それにいつかは、この子も誰かに恋をして、愛を知って結ばれるだろう。

そのとき、俺がずっと側にいては妨げになる。姪を思う叔父として、そんなのはごめんだ。

だから寂しいと思っても、内に秘めて送り出してやらないといけない。

——ただ、それでもふと、考えてしまう。

いずれ、ここを去って行くのだとして。

俺の姪《エリ》は将来、どんな相手と結婚するんだろう？


「……つっ」

急に手のひらを、痛みと冷たさが襲った。驚いて目を向ける。

握っていたハイボールの缶が歪《ゆが》んでいた。鋭利になった箇所が皮膚を薄く貫き、血がにじんでいる。

「……」

一瞬、なにが起こったのか理解が追いつかなかった。

――無意識に、飲みかけの缶を潰《つぶ》していた？

そう、あくまでも無意識にだ。でなければ、手のひらを怪我《けが》するとわかりきっているのに、こんなことをするはずがない。

無意識に、手を強く握るほど、感情が昂《たか》ぶったのかもしれない。

その理由は、例えば――

「……なに考えてんだかな、俺は」

自嘲気味に笑みをこぼす。疲れているのかもしれない。

寝間着をクローゼットから取り出し、寝室を出よう……という直前。

俺は再び、気持ちよさそうに眠るエリの傍《そば》へ寄り、そっと頬《ほお》へ指を添えた。

エリは幼い子供みたく、くすぐったそうに身をよじった。

思わず頬がほころぶ一方で、ズキズキという痛みが襲う。

きっと、手のひらの怪我が原因だろう。

そうに、決まっているんだ。

エピローグ

六月も中旬に差しかかった頃《ころ》。まだ十六時前だというのに、窓の外は灰色一色で薄暗い。しとしとと雨の降り注《そそ》ぐ梅雨《つゆ》の様相を呈していた。

そんな滅入《めい》ってしまいそうな天気ではあるが、それを吹き飛ばすような明るい笑い声が、ヘッドホン越しに聞こえてくる。

『いやー、これいいわ！　めっちゃよかった！　当初のイメージの三倍はエモいＭＶだわ！』

『うん。確かに演出いい感じ。ヒロインの顔隠す案、誰《だれ》発案なの？』

「一応、俺《おれ》かな。ただの苦肉の策でしかなかったけど」

苦笑しつつ、なつきも絶賛してくれたのならひと安心だ。

今日は弘孝《ひろたか》たちと、ＭＶの試写会をオンラインで行っていた。クライアントであるバンドへ納品する前にみんなで見よう、と弘孝が音頭を取ったのだ。

本来なら、データを送って勝手に見てもらえばそれでよかったんだけど、今回はいろいろとイレギュラーが重なったからな。特に最後まで現場にいられなかったなつきは、撮った映像や完成動画の行く末をすごく気にしていたらしい。

What kind of
partner will
my niece marry
in the future?

なのでWebカメラ越しでいいから、こうして顔をつき合わせて試写したかったそうだ。

『しっかし、いまでもびっくりしてるよ。絵里花《えりか》ちゃんがこんなに演技うまいとかさ』

「そ、そうだな……。俺もびっくりしてるよ」

弘孝にはまだ、エリが『花澤可憐《はなざわかれん》』だってことは話していない。

今回の撮影はうまくいったんだし、【サ行企画】のメンバーには公表してもいいんじゃないか？　とエリには話した。

だが撮影後にぐったりしてしまったことを『体たらく』と感じていたらしいエリは、それを理由に、まだ内緒にしていたいという。

「あんなのは、やっぱりまだまだ『花澤可憐』にほど遠いからね」

そう肩をすくめたエリだったが、俺は彼女の一言から、より大きな覚悟を感じていた。

『あんなのは』『まだまだ』『ほど遠い』……。

それはなにかにやり甲斐《がい》を見出《みいだ》し、極めようとする者の言葉に他《ほか》ならない。

エリはＭＶの撮影を機に、改めて、芝居の世界へ戻る気持ちを強くしたのだろう。

『確かに素人にしては、この難しい役を演じきっててすごいよ。ちゃっかりアドリブまで入れてくるとかさ……意外と身近にいるもんだね〜、逸材って』

なつきは含みのある言い方で笑みを浮かべた。ビデオ会議だから誰に向けているのか正確にはわからないが、まあ間違いなく俺だろう。

事情を話して真実を黙ってもらっている以上、甘んじて受け止めよう。

『だな。せっかくだから、次は絵里花ちゃんに最初から最後まで出てもらって、なにかショートムービーとか撮るのもおもしろそうだよな』

「エリがやる気なら構わないと思うけど、そもそもそんな時間あるのかよ。弘孝はもう、次の仕事のプリプロだろ？」

『バカだな、お前。息抜きの創作は別腹なんだよ。いくらでも食えらぁ』

『だからぶくぶく太んのよ、弘孝は』

「お、うまい」

『うまくねぇよ！　ただの悪口だろうが、それ！　だいたいなつきは……』

そう口を尖《とが》らせる弘孝が、くつくつと笑うなつきが――ふと、昔の彼らの姿と重なった。

まだ二十歳にも満たなかった、専門学校時代。互いに夢を持ち、語り合い、突き進んでいたあの頃も、こうしてくだらない話で盛り上がっていたっけ。

そんな懐《なつ》かしさを思い出しつつ、ディスプレイに映るいまの俺たちの垢抜《あかぬ》けた姿を目の当《まあ》たりにして、現実に引き戻される。

『……結二《ゆうじ》？　どうした、ボーッとして』

「ああ、いや。なんでもない」

卒業してそれぞれの道に進み、いろんなことを経た。

現実に打ちのめされ、夢も諦《あきら》めたことだってある。

けど、いまが一番クリエイターとして充実してる、と素直に思えるから不思議だ。

ただそう思えるからこそ、自分の決断は間違っていなかったと胸を張れるんだろうな。

部屋のインターホンが鳴ったのは、まさにそんなことを考えていたときだ。

「悪い、エリが来たっぽい」

『オッケー。んじゃ、今日はお開きってことで』

『ほーい、お疲れ～』

会議室からなつきが退室する。俺も『退室』をクリックしようとして――

『結二』

唐突に弘孝に呼ばれ、指先を止める。

『……次も一緒に、いい動画撮ろうぜ。じゃあな』

それだけ言い残し、弘孝が退室する。というか、部屋のホストがあいつのため、強制退室させられた格好ではあるが。

最後のはなんだったんだろう？　単なる別れ際の一言……だろうか？

そこはかとなく含みがあるように聞こえたけど、いま瞬時に考えたところで答えが見つかるわけでもなさそうだ。

弘孝の言葉は頭の隅に置いとくとして、俺はエリを迎えに玄関先へ向かった。

「叔父さん、おじゃましまーす」

玄関を開けると、初夏の湿気《しっけ》を散らすような、エリの明るい声が飛び込んできた。

衣替えをすませた半袖《はんそで》のセーラー服姿に、食材の入ったエコバッグ。

なんともアンバランス、だけどすっかり見慣れた組み合わせだ。

「いらっしゃい。雨、強くなかったか?」

「ちょっとだけ強かったかも。ジメジメしてて最悪だよ〜。ソックスもびしょびしょ」

エリは辟易《へきえき》としたようにため息をつく。

エコバッグを持ってやると、エリはローファーと一緒に靴下を脱ぐ。雨水のしたたり具合からも、不快感は伝わってきた。

洗面所からタオルを取ってきて渡すと、エリはおもむろに素足を拭《ふ》き始める。

「ありがと。靴下もタオルも、このまますぐ洗濯しちゃうね」

「ああ。なんならシャワーも浴びたら?」

「ナイスアイデア。それじゃあお言葉に甘えちゃおっかな。着替え、覗《のぞ》かないでよ?」

「バカ言って大人をからかうなっての」

生意気なエリの頭を優しく小突くと、彼女はえへへと笑った。

そういえば、いつの間にかこんなやり取りも、自然になってきた気がするな。

エリが通うようになったばかりの頃は、まだ距離感を計りかねて、親族とはいえ女子高生を家に通わせている事実が落ち着かなかったのに。

いまではすっかり心地よくなってて、エリの作る夕飯を楽しみにしている自分すらいる。

それだけ俺が、半同居生活を当たり前の日常と感じるようになり、素直に受け止められるようになったってことだろう。

この二ヶ月の間で、叔父としての在るべき姿を再確認できた。

思っていた以上にエリが、自ら選んで行動できるほどに成長していたことも、知った。

もう受け入れるか否《いな》かの選択権は放棄して、エリの自由を受け止めるようになってもいいのかもしれない。以前から準備していたアレを渡す決心が、ようやくついた気がした。

「エリ。これ、渡しとく」

「なあに？」

玄関脇の棚にしまっていたそれを取り出す。

お皿のように差し出されたエリの両手に、ポトッと落とした。

「……え？　これって……」

エリは、手のひらの上にある銀色のそれを見て、呆気《あっけ》にとられているようだった。

この部屋の、合鍵《あいかぎ》だ。

「エリがうちに来るとき、いつも鍵開けてやってるだろ？　でも仕事に集中してたり、仮眠してると、気づけないこともあるなって思って」

実際にそういう事態は起こったわけだし、今後はないとも言い切れない。

逆に言えば、もうそういうのを気にせず部屋に来てもいい、って意思表示でもある。

エリは、俺を見上げて目をパチクリさせた。

「本当にいいの？」

「いいも悪いもこの数ヶ月、世話になってるのはこっちだしな。いい加減、自由に出入りできたほうが都合がいいだろ？」

エリはたちまち顔をほころばせ、大事そうに鍵を抱いた。

「……うれしい。叔父さん、ありがとう」

そこまで喜ばなくても、と思ったのだが、

「なんか、私が通うのをやっと認めてくれた、って感じ」

なるほど。エリにとって『合鍵』ってのは、それほど重要なアイテムだったのか。

「でも、いままで迷惑そうな雰囲気出してたかな？」

「私の気持ちの問題。これでも、玄関先でチャイム鳴らすとき、いつもソワソワしてたんだから。わざわざ鍵開けてもらうの、お仕事の邪魔になってないかな、とか」

そうか。普通はそういうことも気にするものなのか。

俺自身は、だいたいエリの来る時間を計算に入れて仕事していたから、気にしたことはなかった。ましてやエリが、そんなことを思っていたなんてことも、気づかなかった。

この子は本当に、よく気遣える子なんだな……と感心してしまう。

「あと、玄関が開くのを待ってるのも、結構ソワソワしてたんだよね。他人の家みたいで」

「悪い、他人の家なのは間違いないわ」

「でも合鍵を貸してくれるってことは、半同棲《はんどうせい》してるカップル並みに公認ってことだもんね」

「なにをどうしたら、そう思考が飛躍するんだ……」

まったく。俺の感心を返してほしいよ。

ため息を漏《も》らすと、エリは「冗談だってば」とイタズラっぽく笑った。

「とにかく！　……大切にするね、この合鍵」

まあ、なんであれ。

エリがうれしそうならそれでいいか、と思ってしまう程度には、姪に甘い叔父なのだ。

それこそがきっと、この生活を心地よく感じている、最大の要因なのだろう。

……でもこれを、当たり前の日常だと錯覚してはいけない。

いずれは終わりを迎える生活だ。

叔父と姪。三親等。兄妹よりは遠く、従兄弟《いとこ》よりは少しだけ近い、親戚《しんせき》。

エリが自立すれば、自然と離れていく——離れていくべき関係なんだ。

だからこの半同居生活は、いつまでもは続かない。

「そうだ、エコバッグの中、アイス入ってるの。溶けないうちにしまっといて」

「了解。……お、この抹茶のやつ、好きなんだよ。もらっていい？」

「ええ～？　それ私が食べたくて買ったやつなのに～」

「いや、この食費はそもそも俺の財布から出てるんだが?」

「かわいいかわいい姪っ子のお願いだと思って、何とぞ〜!」

「……わかったよ。大人の俺が折れるのが筋ってもんだしな」

「やった！　叔父さん大好き！　……チョロいから」

「おい、聞こえてんぞ」

——でも。

せめてそのときまでは、こんな時間が一秒でも永く続いたらいい。

それは、満面の笑みを浮かべる姪を見て感じた、叔父としての素直な思いだった——

エピローグ2 ―― 姪の日常 ～雨脚は徐々に、～

「ねえ、絵里花《えりか》～。どっちが似合うと思う？」

六月中旬のとある日曜。私は、午前で部活が終わるという陽子《ようこ》から買い物に誘われ、一緒に出かけていた。

フラッと立ち寄ったセレクトショップの中で、陽子は候補の服を二着、自分に重ねて見せつけてくる。

片方は主張の激しい花柄。片方はよくわからない英語が並んだプリントTシャツだ。

「うーん……正直、どっちも微妙」

「うへぇ。やっぱりなぁ。そう言われる気がしてた」

ラックに服を戻すと、陽子は難しい顔をしながら次の候補を探し始める。

陽子は若干《じゃっかん》、ファッションのセンスがズレている。それが個性的で、意外に似合うこともあるんだけど、ごく一般的な目線での「なんか違う」が多い。

もっとも私も、詳しかったりオシャレだっていう自覚は全然ないんだけど。

「陽子はどうせ、夏場はショーパンでしょ？　もっとシンプルに白のブラウス合わせたり、ジレ羽織《はお》ったりしてさ……」

言いながら、適当にラックから服を拝借して陽子の体に当てる。傍《そば》の姿見に映った彼女の姿は、少なくとも、さっきの二択よりは快活としたかわいさに溢《あふ》れていた。

「いい！　いいよ絵里花！　これいい！」

ぱぁっと咲いた笑顔は、さながらひまわりだ。こうして喜んでくれると、正直に伝えて代案を用意した甲斐《かい》もあったというもの。

試着してくる、と言って嬉《うれ》しそうに歩いて行く陽子の姿もかわいらしく、つい私は、顔をほころばせてしまった。

結局、陽子は私のオススメした服をそのまま購入した。よほど気に入ったらしい。

そうして買い物もすんだので、ふたりで店を出ようとした……のだけど。

「うわー、降ってきちゃったね。大丈夫だと思って傘持ってきてないよ〜」

「私も。予報だと高くなかったのになぁ……はぁ」

曇天《どんてん》が続くだけでも憂鬱《ゆううつ》だけど、そこに雨まで降られると、ことさらにため息は多くなる。音を聞くだけなら落ち着くのに、なんで「降っている」って事実だけで気が滅入《めい》るんだろう。

そんなことを考えながら、止《や》む気配のない灰色の空を見上げた。

「……よし。もったいないけど、傘買ってくるよ！」

陽子がビシッと指さした先にはコンビニがあった。ここからだと少し距離があるけど、この雨なら走って買いに行けないことはない。

「そうだね。もうちょっと雨脚弱まったらダッシュで――」

「大丈夫大丈夫。あたしがひとっ走り買いに行ってくるから。絵里花はここで待ってて！」

言うやいなや、陽子は雨の中を駆け出していた。なにも言う隙《すき》が得られなかった……。

まあ、いっか。申し訳ない気はしつつ、陽子の善意に甘えて、ここで待たせてもらおう。

「……いまごろ叔父さん、なにしてるのかなぁ」

そう、声が漏《も》れた。なにかを意識していたわけでもなく、湧《わ》き水のようにさらりと。

私と同じように、ジメジメした空気に辟易《へきえき》としているのかな。

除湿を効かせた快適な室内で、お仕事がんばっているのかな。

あるいはお仕事は休みで、ゲームしたり映画観ているのかな。

それか……ベランダの窓越しに同じ空を見上げているのかな。

なんてことを想像しながら、雨雲に向かって小さなため息が上っていく。

早く今日が終わらないかな、と思った。

陽子と過ごす時間は楽しいし好きだけど、それでもやっぱり心のどこかで、あの居心地のよい部屋に行きたいなって思いは息づいていた。

ふと取り出したキーケース。

その中に並んでいるのは、私の自宅の鍵《かぎ》と。

そして、いまとなっては私のもうひとつの居場所でもある、あの部屋の鍵。

合鍵を指先でそっと撫《な》でていると、思わず頬《ほお》はほころんでしまい——

「あなたも、雨宿り中ですか？」

ふと声をかけられて、私は振り向いた。

セレクトショップの入り口。突然の雨を凌《しの》ぐため出入りする人並みの中にあって、その人は
スーツ姿だからか、異様にハッキリと認識できた。

二十代前半ぐらいの若い女性だった。いつの間にか、私のすぐ隣に立っていた。

そして女性は、ニコリと微笑《ほほえ》んで続ける。

どこか、張り付いているだけのような笑顔に思えた。

「雨、止まないですね」

確かに、まだ止まない。

それどころか、雨脚は徐々に、勢いを増すばかりだった。

あとがき

みなさま、初めまして。作家・シナリオライターの落合祐輔《おちあいゆうすけ》です。

もし他レーベルの作品で僕を知ってくださっている方がいましたら、お久しぶりです。

今回、様々なご縁があって、こうしてGA文庫さまにて作品を出させていただけることになりました。ありがたい限りです。

さて。今回の作品のヒロインは【姪《めい》】。つまり自分の兄弟・姉妹の、娘です。

実は僕、大の姪っ子好きなんです。それは実の姪もですが、二次元の姪もです。

なにかにつけ自宅へ遊びに来ちゃうふてぶてしい感じだったり、慣れ親しんだ相手だからと小生意気に接してきたり、でも時には親以上に甘えてくるところだったり……そんな距離感にとても憧れています。

……え？　実際の姪はそんなんじゃないですって？

ＨＡＨＡＨＡ。なにを言っておられるのやら。

――だからこうして脳内妄想爆発させて作品に仕上げたんでしょうが！

本作『俺の姪は将来、どんな相手と結婚するんだろう？』略して『めいこん』は、姪という存在を愛し、様々な妄想を繰り広げてきた僕の熱いパトスを、出力100％でぶっぱし「さすがにこれはキモいです」と一部丸められながら形に仕上げた作品です。

世の叔父《おじ》さん世代や姪っ子を愛する同志諸君に、エリのかわいさが伝わり共感してもらえたのなら、世に発表した甲斐もあったというものです。

謝辞です。こんなチャレンジングな企画を通してくださった担当Nさま、やべー企画が来たと盛り上がってくださったGA文庫編集部のみなさま、本当にありがとうございます！

けんたうろす先生、最高にかわいいエリを描いてくださり、ありがとうございます！

販促の一環として最高のマンガ動画を作ってくださった漫画エンジェルネコオカさま、自主制作企画にご出演くださった鷲崎健《わしざきたけし》さま、鈴木愛唯《すずきあゆ》さま、お手伝いくださった関係者のみなさまへも、改めて感謝申し上げます！

またこの企画を形にするため、アイデア出しという最初期から相談に乗ってくださった作家仲間のみなさまへも、本当に本当に、感謝いたします……！

そしてなにより、本作をお手にとってくださった読者のみなさまへも、最大限の感謝を！

また二巻で会えることを祈りつつ——落合祐輔でした。

ファンレター、作品の
ご感想をお待ちしています

〈あて先〉

〒106－0032
東京都港区六本木2－4－5
ＳＢクリエイティブ（株）
GA文庫編集部 気付

「落合祐輔先生」係
「けんたうろす先生」係

本書に関するご意見・ご感想は
右の QR コードよりお寄せください。

※アクセスの際や登録時に発生する通信費等はご負担ください。

https://ga.sbcr.jp/

俺の姪は将来、どんな相手と結婚するんだろう？

発　行　2021年8月31日　初版第一刷発行
著　者　落合祐輔
発行人　小川　淳

発行所　SBクリエイティブ株式会社
〒106－0032
東京都港区六本木2－4－5
電話　03－5549－1201
03－5549－1167（編集）

装　丁　AFTERGLOW

印刷・製本　中央精版印刷株式会社

ISBN978-4-8156-1172-9
Printed in Japan　GA文庫